花火と一緒に散ったのは、あの夏の記憶だった

邑上主水 Mondo Murakami

アルファポリス文庫

JN212547

http://www.alphapolis.co.jp/

CONTENTS

「花火と一緒に散ったのは、あの夏の記憶だった」目次

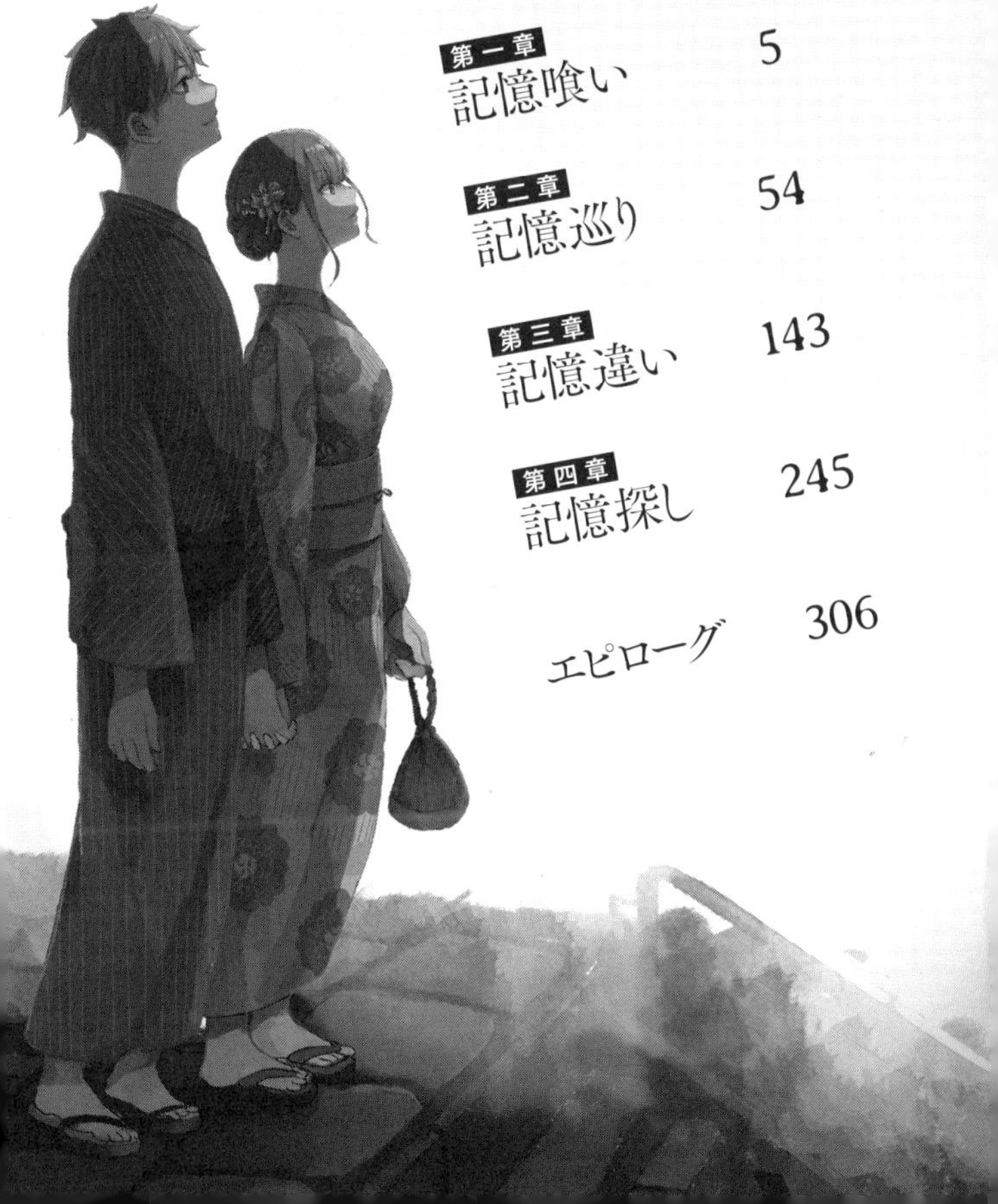

第一章　記憶喰い

ときどき見知らぬ女の子からキスをされる。

などと言えば、男子諸君は「はいはい、リア充自慢ね？」と怪訝《けげん》な顔を見せるか、その幸運にあやかるべく詳細を聞き出そうとするかのどちらかだろう。

だが安心してほしい。俺こと杉山秀俊《すぎやまひでとし》はそんな幸運の持ち主ではないし、女に困らないモテ男というわけでもない。

残念ながら、キスされたのは夢の中での話だ。

それに、世の中には明晰夢《めいせきむ》という、夢を夢であると自覚しながら自由に歩き回れる、まさに夢のようなものがあるらしいが、そういった類《たぐい》のものでもない。

日々悶々《もんもん》としている男子高校生であれば一度や二度は経験しているであろう、夢の中で欲求不満を爆発させたという他愛《たあい》もない話だ。

俺にキスするその人物の顔には靄《もや》がかかっていて、どんな容姿なのかはわからない。

だが、女の子で、それもとびっきり可愛《かわい》いことは、なぜかわかってしまう。

夢というのは本当に適当で都合がいい。

この前は住んでいる駿河町《するがまち》の夏祭りに彼女と行っている……なんてありえないシチュエーションだった。

その子は俺の手を取り、振り向きざまに夏の向日葵《ひまわり》のような笑顔を見せてくれた。

まあ、いつもどおり顔はわからないのだけれど。

自慢ではないが、十七年の人生で女の子と夏祭りに行った経験はない。だからこそ、夢に見るほど憧《あこが》れているのだと思う。

欲求不満が具象化した妄想——そう考えて割り切ってしまえば、なかなか良い夢だ。

ただ残念なのは、次はあんなことやこんなことをしてみようと考えるけれど、いざその夢を見たら綺麗《きれい》サッパリ忘れてしまっているところだ。

夢の世界もそんなに甘くはないのかもしれない。俺の夢なのだからもう少し甘やかしてくれとあの女の子に言いたいが、言えたところで結末は変わらないと思う。

そう、夢は決まって凄惨《せいさん》に終わる。

どこからともなく現れる白い車。それにはねられた瞬間、いつも目が覚める。

あの車は忘れもしない。夢の世界ではなく、現実世界で俺をはねていった車だ。

女の子からキスをされる部分は曖昧《あいまい》にしているくせに、車にはねられる部分は忠実に再現するなんて、どういう嫌がらせなのだろうか。

まるで「こんなくだらない夢を見てないで、現実を見なさい」とあの女の子が言っているような気さえしてしまう。

夢の中でまたあの女の子に会ったら言ってやろう。くだらないのはこの夢じゃなくて、現実世界の俺の人生のほうだろうと。

まあ、そんなことを考えていても、あの女の子に会ったときには綺麗《きれい》さっぱり忘れてしまっているのだけれど。

＊

「つまり杉山くんの言い分をまとめると、企画の件は綺麗《きれい》さっぱり忘れていたということね？」

俺を見下ろす河原崎《かわらざき》が、冷ややかな目でそう言った。

「いや、別に忘れていたってわけじゃないんだけど」

俺は少ししどろもどろになりながらも、そう返す。

「そう。なら、どうして杉山くんは企画を持ってきていないの？　今日が企画会議だって先週言ったわよね？」

「それはアレだ。期末試験の勉強が忙しくてだな」

「勉強？」

「そう、勉強」

「杉山くん、勉強していたのに赤点ギリギリで」

「すみません勉強していません。企画の件もすっかり忘れていました」

これ以上言い訳しても墓穴をさらに深く掘るだけだと観念した俺は、河原崎に深々と頭を下げることにした。

河原崎あかね。俺と同じ私立眞白《ましろ》学院高校の二年生。

三つ編みの黒髪に黒縁眼鏡と、優等生を絵に描いたような女子だが、そのおとなしそうな風貌からは想像できないほどの行動力と絶対的なプライドを持っている、俺の最も苦手とする相手だ。

彼女は新聞部部長にして、年八回刊行している校内新聞「マシロタイムズ」の編集長を務めている。眞白学院は陸上部で有名だが、新聞部を陸上部に勝るとも劣らないほどに有名にしたのは、ほかならぬ河原崎だった。

まず入部して最初に、校内新聞を「明晨《めいしん》」なんて硬い名前から、「マシロタイムズ」

という世界を視野に入れたような名前に変更する。そして直後、全国高校新聞コンクールで文部科学大臣奨励賞を受賞してしまう。

もちろん、名前を変えただけで受賞したわけではない。同時に彼女は、苛烈《かれつ》なほど記事作りに情熱を注いでいる。例えば、ネタ探しのために全校生徒に取材をしたらしい。

そんな河原崎の手帳には、クラスメイトですら知らない情報が細かくメモされているという噂さえある。

学校一のイケメンである男子バスケ部主将の極秘情報を入手しようと、数多くの女子生徒が河原崎に商談を持ちかけている……と聞いたこともある。

さすがに誇張だと思っていたけれど、その考えは改める必要がありそうだ。

まさか、俺の期末試験の結果まで知っているとは。

上位一〇人しか公表されない結果をどうやって調べたのだろう。職員の中に情報提供者がいて、スパイ映画のようなやりとりが行われているとでもいうのか？

「ひとついいかしら、杉山くん」

「なんだよ？」

「申し訳ないけれど、忘れていたと正直に答えられると拍子抜けしてしまうわ。男ならもうちょっと言い訳しなさい」

「いや、男だから潔《いさぎよ》く認めているんだけど」

「これから杉山くんの大罪を、一記者として根掘り葉掘り追及していく予定だったのに」

「追及しても面白い話なんか出てこないよ」

「何を言っているの？　面白くない話でも面白くでっちあげるのが、私たち新聞部の役目でしょう」

「河原崎って、さらりととんでもないこと言うのな」

そっちこそあきれるわ、と胸中で突っ込む。

企画の件とは、マシロタイムズの夏季号に載せる特集のことだ。

一週間前、「編集会議を行うにあたって、ひとり一案は特集企画を出すように」と通達があったことは、おぼろげに覚えている。

人の記憶とは都合のいいもので、自分にあまり関係がないと判断したことはすんなり頭の中から抹消《まっしょう》してしまうらしい。そういう自覚はまったくないのだけれど、俺は新聞部に所属しながらも、マシロタイムズの企画なんてどうでもいいと考えてしまっているようだ。

「とんでもないことのついでに言うけれど、杉山くんのことだから企画の件は忘れているだろうとすでに予想していたわ」

「さすがは河原崎編集長。鋭い洞察力をお持ちでいらっしゃる」

「でしょう？　私のジャーナリストとしての才能は、隠していてもわかってしまうものなのね」

そう言って河原崎は、新聞部の部室としても使っている図書室のテーブルの上に、数枚のプリントを置いた。

「……なにこれ？」

「部員のみんなが出してくれた企画案」

河原崎がその中から一枚のプリントを俺の前へと差し出す。

「予想していたから、先手を打って杉山くんに仕事を用意したの」

「仕事？」

「そう。もうすでに編集会議は終わっていて、企画は『夏の怪談特集』に決まっているわ」

「え、マジで？」

どうりで他の部員がいないと思った。

図書室の窓から見える空は、ようやくジメジメした雨季が過ぎて、綺麗《きれい》な茜色《あかねいろ》に染まっている。これから編集会議をするにしては少し時間が遅いなあ、なんて考えていた。

大切なマシロタイムズの編集会議だというのに、俺ぬきでやっていたのか。

企画の件を綺麗《きれい》に忘れていた俺が言うのもなんだが。

「というわけで、杉山くんには夏らしい怪談記事を作ってもらうことにしたから」

「は？」

思わず耳を疑ってしまった。

夏らしい怪談記事。

怪談とは、幽霊やお化けを題材にしているアレのことなのだろうか。

「学校のOBでいらっしゃるミステリー作家の山形ノボル先生にあやかって、ミステリーじみた怪談であればなおよろしい。昔から、ここ長崎県坂江市にある怖い話とか不思議な都市伝説……そうね、妖怪譚みたいなものでもいいわ」

「いやいや、ちょっと待てよ。急にそんなこと言われても無理だよ。そもそも校内新聞で怪談特集なんて」

「はい、今すぐその薄ら汚い口をお閉じなさい」

河原崎は軽く俺を罵倒《ばとう》しながらテーブルを叩く。

「言っておくけれど、これはある意味譲歩なの。正直言って、やる気のない部員を在籍させておくほど、新聞部の懐《ふところ》は深くないわ」

「う……」

「杉山くんの事情はもちろん理解している。だけど、他の部員への影響も考えると、私は新聞部部長としてそうせざるを得なくなってしまう」

そうせざるを得ない。つまり、俺を退部させるということだろう。

俺にとって部活をやめさせられることは、眞白学院を退学させられることに等しい。というのも、何を隠そう、俺は眞白学院に試験免除で入学した特別待遇学生……いわゆる特待生なのだ。

念のために言っておくと、新聞部の特待生として入学したわけではない。スポーツ特待だった。

なのに、なぜ今新聞部に所属しているのか。そこには、思い出したくない理由がある。

俺は中学校時代、短距離走選手として全国大会に出場するほどのランナーだった。坂江市の杉山秀俊といえば、中学生ランナーの間では名の知れた存在で、「将来の夢はオリンピックに出場することです」なんて恥ずかしげもなく公言していた。

そんな折、眞白学院から「特待生としてうちに来ませんか」とお声がかかったのだ。

眞白学院は、オリンピック候補にも選ばれるような有名なランナーを多く輩出していて、ずっと行きたいと思っていた高校だった。素直に嬉しかった。今思えば、あのときが人生のピークだったのではないかと思うくらい、最高だった。

だが一年前の夏、早朝のジョギング中に背後から来た車にはねられて、左膝の前十字靭帯《じんたい》を断裂してしまった。

俺の陸上人生は最高潮を迎えようとした瞬間、あっけなく終わってしまったというわけだ。

足を見込まれて特待生になったのに、満足に走ることができなくなったのだ。普通なら、即退学か特待生の権利を剥奪《はくだつ》されていただろう。

しかし、原因が交通事故であることと、陸上部顧問の後藤《ごとう》先生の口添えもあって「部活に所属しているのであれば、特待生として在学していい」ということになった。

そして所属したのが、陸上部と同じく、後藤先生が顧問を務めるこの新聞部だった。

何の冗談か、走ることに明け暮れていた俺が、退学にならないようにペンを走らせることになったのだ。

「とはいえ」

と、河原崎はため息交じりに続ける。

「杉山くんひとりでやらせるのは可哀そうな気もするから、パートナーを用意してあげたわ」

「え？　誰だよそれ。いいよ、ひとりでやるから」

　正直その部員に押しつけたいところだが、退部がかかっているのであればそうも言えない。とはいえ、誰かと一緒に取材したり記事を書いたりするのは面倒でもある。

「そう言わずに、彼の力を借りなさい。彼のポテンシャルを引き出せば、今回の企画は素晴らしいものになるはずだもの」

「ポテンシャル？　怪談に詳しいやつってことか？」

「そう。夏の怪談企画にぴったりの部員。さて誰でしょう？」

　らしくなく楽しそうに河原崎が訊《たず》ねた瞬間、全身に悪寒が走った。

　怪談、都市伝説、といえば思い当たる部員はひとりしかいない。

「まさか刈島《かりしま》のやつか？」

「さすがクラスメイトね。正解」

　思わず重いため息をついてしまった。

　俺が新聞部に入ったのは一年の三学期くらいだったけれど、刈島こと刈島瑛太《えいた》はずっと前から新聞部に所属しているクラスメイトだ。

　洞察力があって知識が豊富。想像力豊かで真面目——なんて言えば、どんな素晴らしい生徒なのだと思われるだろうが、刈島はお世辞《せじ》にもそんなやつではない。

簡単に言えば、影が薄いぼっちのオカルトマニア。そして、アイドルのおっかけもしているという、俺とはまったく共通点がないやつだ。

「具体的に何を記事にするのかは二人に任せるけど、決まったら教えて。そうね、できれば今週中に」

「今週中って、今日はもう水曜日なんだけど」

「期末試験が終わって、金曜日も終業式だから余裕でしょう？　大丈夫、杉山くんにアイデアがなくても、刈島くんがいっぱい持っているから」

「……」

いくら俺にやる気がないと言っても、あからさまに刈島だけが頼られると、癪《しゃく》に障《さわ》ってしまう。

「わかったよ。俺もしっかり考える」

「あらそう。そうしてもらえると嬉しいわ」

とりあえずこれ渡しておく、と河原崎から今回の企画書を渡された。

そこに書かれていたのは「夏の怪談特集――昔から坂江市に残っている怪談を特集して、地域を盛り上げよう」という企画の概要だった。

発案者は、刈島。その刈島をパートナーにすれば、記事は簡単に書けると河原崎は考えたのだろう。彼女なりの気遣い……なんて思うのは早計か。

「ちなみに私も別の記事を書くことにしているから、週末は遅くまで図書室にいると思う。何かあったら相談してくれてもいいわよ」

「それはありがたいね」

河原崎にもらったプリントをカバンに入れ、席を立った。

「じゃあな、河原崎」

「ええ、またね杉山くん」

閉門が近いからか、図書室を利用している生徒はいない。

そんな図書室を少し眺めたあと、河原崎に挨拶《あいさつ》を残し、古書のスンとしたカビの匂いに追い立てられるように、図書室の扉を開いた。

途端に、むっとした熱気とともに、蝉《せみ》たちの声が一斉に飛びかかってくる。

図書室がある校舎の三階からグラウンドが見えた。かつて所属していた陸上部の部員たちが、酸素摂取量の増大を目的としたインターバルトレーニングをしていた。

夏季は陸上選手にとって特に大切な時期だ。トレーニングが技術寄りになりがちな、試合のシーズンが終わり、次のシーズンを見据えて短期間で体力強化を図る必要がある時期だからだ。少しでもトレーニングをさぼってしまえば、可逆性の原理で体力がみるみる落ちてしまう。

「まあ、どうでもいいか」

もう陸上競技ができない俺にとっては関係のないこと。

そんなことよりも、目下の問題は夏の怪談を探すことだ。

マシロタイムズでは、地域に密着した記事を書くことが多い。去年賞を取ったのも、坂江市を拠点に世界を相手に活躍する中小企業を特集した記事だった。

地域に関係した怪談か都市伝説。

生まれてからずっと坂江市に住んでいるが、そんな話は聞いたことがない。その手のことに詳しい刈島に相談すべきかとも思うが、あいつに頼るのはやっぱり気にくわない。

「……ん？　ちょっとまてよ」

と、重要なことに気がついてしまった。

もし刈島にアイデアをもらって、それが河原崎のお眼鏡にかなったとする。そうなると、夏休みを使って刈島と取材したり、記事を書いたりする必要が出てくる。

あの刈島と。仲良く肩を並べて。

「はあ、マジかよ……」

今年の夏は、刈島と過ごすことになるのか。

一気に疲れが噴き出した俺は、軽く絶望しながら重い足取りで昇降口に向かうのだった。

＊

俺の朝はとても早い。

と言っても、高血圧というわけでも、眠りが浅いというわけでもない。

陸上部に所属していたときの朝練の習慣が抜けていないのか、起きる必要がないのに目覚ましよりも早く起きてしまうのだ。

「早起きは三文の徳」なんてことわざがあるけれど、俺から言わせれば、それこそ「寝ぼけたことを言うな」だ。小学校から陸上競技をはじめて毎日のように早朝ジョギングをしていたのに、良いことがあるどころか陸上競技ができない体にさせられてしまった。

癖《くせ》で早起きしてしまう俺が言うのもなんだが、早起きなんてするべきではない。朝が弱い人間だったら車にはねられることもなく、陸上競技を続けることができたはずなのだ。

もしあの日、五分でも寝坊していたら。

もしあの日、雨が降っていてジョギングをやめていたら。

人生で「もし」を考えるのはナンセンスだが、やっぱり考えてしまう。

いくら考えても、人生をやり直すことなんてできやしないのに。

「おはよう、母さん」

「おはよう、秀俊」

パンが焼ける良い香りの中、俺は寝起きの枯れた声でそう返した。

登校時間にはまだ早く、遮光性の低いカーテンの向こうからダイニングに差し込む朝日はまだ半分眠っている。

なのに母はもちろん、いつもは寝ているはずの父も新聞を広げてテーブルについていた。

「父さん、今日は早いね」

「ああ。仕事で少し早く出る必要があってな」

「ふうん」

新聞を開いたままの父に、テレビを見ながら曖昧《あいまい》な返事をした。

父との会話、終了。

正直、寡黙《かもく》な父が苦手だった。どんな仕事なのか突っ込んで聞きたいとも思わないし、読んでいる新聞にどんな記事があるのか興味もない。

父は学生の頃、陸上部だったらしく、中学生のときはいくらか会話があったが、事故以降は会話らしい会話をした記憶がない。

まあ、父との会話がなくても困ることはないし、別に問題はないのだけれど。

「秀俊はいつもの？」

と、母が台所のカウンター越しに訊《たず》ねてきた。いつもの、というのは俺が毎朝飲んでいるアレのことだ。

「うん、フルツイン」

「あんたもこんな人気のない飲み物が好きだなんて、変わっているわね」

冷蔵庫から取り出した派手なパッケージの飲み物をコップにそそぎつつ、母は呆《あき》れたように笑う。

フルツインというのは、フルーツ飲料にプロテインを配合した低糖質プロテイン飲料の名前だ。フルーツ飲料のように爽《さわ》やかに飲めるプロテイン飲料として発売されたフルツインは、ごく一部の人間に絶大な人気がある。

つまりは、おいしくプロテインを吸収したいと考えていた俺のような人間にだ。

陸上部を辞めてもう半年以上たつけれど、フルツインは今でも飲み続けている。運動せずにプロテインを取っても別に太るわけじゃないし、癖《くせ》になるおいしさなのだ。

「それにしても、いやになるわね」

「え？」

母がダイニングテーブルに朝食を運びながら、ため息交じりにそんなことを言った。

「いやになるって、何が？」

「テレビの特集よ。少し前に坂江市でＳＮＳが乗っ取られる事件が立て続けに起きていたんだって」

「ＳＮＳ乗っ取り？」

テレビはぼんやり眺めていたせいで、内容がまったく頭に入っていなかった。ちょうどこれまでの経緯をまとめる場面になり、途中から見はじめた俺にもようやく内容がわかった。

どうやら過去の不思議な出来事を特集しているコーナーで、今回は一年半ほど前に起きていたという出来事を取り上げていた。

タイトルは「一年半前に坂江市で起きた集団ＳＮＳ乗っ取り事件。その目的とは⁉」というものだ。

俺が住む坂江市の高校生を中心にＳＮＳが乗っ取られ、意味不明な書き込みが頻繁《ひんぱん》に行われていたらしい。ＳＮＳの乗っ取りなんてよく聞く話だが、特定地域で起きているということと、一年半ほど前に重なって起きていて、その後ぱったりなくなっていることに意図的なものを感じると、コメンテーターが説明していた。

以前、なりすましでプリペイドカードの番号を送らせる事件があったのを思い出したけれど、意味不明な書き込みをするだけというのは、なぜなのか。

「こんな事件で坂江市が有名になってほしくないわ」

「ん～、心配するほどのものじゃないでしょ」

坂江市といえば、眞白学院の卒業生であるミステリー作家の山形ノボルの出身地として有名で、自治体も彼にあやかった様々な地域活性事業をおこなっている。彼を差し置いて、こんな乗っ取り事件で有名になるはずがない。

「まったく、くだらないことをニュースにするものだな。いくらニュースと言っても、エンターテインメント性がなければ誰も興味を持ってくれなくなるぞ」

新聞をたたみながら、父がそんなことを言った。

それを言うなら、むしろＳＮＳ乗っ取りという題材は今の時代にぴったりだと思う。くだらないと思うのは、単純に父がＳＮＳを利用していないからではないだろうか。

「ちなみに父さんの言う、ニュースのエンターテインメント性って何？」

「そうだな。例えば、『飼い犬が飼い主を噛んだ』なんてニュースが流れても誰も気に留めないが、『飼い主が飼い犬を噛んだ』だったら、興味がわくだろう?」

「……ん~、確かに」

父が言いたいのは、「意外性がある事件をニュースにしろ」ということか。

マシロタイムズの怪談記事も、そういった視点で考えたらいいのかもしれない。

つまり、意外性がある怪談——いや、そもそも意外性がない怪談なんて存在するのだろうか?

「おっはよう! お兄ちゃん!」

「……ッ!?」

と、不意に背後から首元に腕をまわされ、強烈なチョークスリーパーを受けてしまった。毎朝恒例になっている妹、香《かおる》の熱烈な抱きつき攻撃だ。

「んん~、お兄ちゃんは今日も変わらず朝からジメジメしていてローテンションだね!」

「お前は変わらず朝から快晴ハイテンションだな。というか、離れろよ」

小学生のときから伸ばしている栗毛色の髪が絡まってくるし、小顔効果があるというデカイ眼鏡がガツガツ当たって、とても痛い。

「可愛《かわい》い妹にすりすりされて嬉しいくせに。正直になろうよ」

「わかった、正直に言ってやる。鬱陶《うっとう》しい」

「嫌よ嫌よも好きのうちってやつだね」

「全然違う」

どちらにしろ、香は鬱陶《うっとう》しいスキンシップをやめるつもりはないらしい。もう勝手にさせて、朝ご飯を食べることにした。

「ほら香、大好きなお兄ちゃんにくっつくのはそれくらいにして、早く食べて」

「はあい」

呆《あき》れた表情で注意する母の声で、香はいかにも残念そうにしぶしぶ俺から離れた。

「パパ、これ何のニュース？」

「坂江市に住む高校生を狙った集団ＳＮＳ乗っ取り事件らしい。といっても、一年半前のだけどな」

「へえ、集団ＳＮＳ乗っ取り事件」

香は俺の隣の椅子に座った途端、テレビに食いついた。母が持ってきた朝食に手もつけず、じっとニュース番組のコメンテーターの言葉に耳を傾けている。

「そんなに面白いか？　そのニュース」

「……ん？　まあね。多分どっかの暇人の犯行だったんだろうけど、坂江市に住む高校生だけを狙っているっていうのが、ちょっと気になるじゃない？」

「言うほど気になるか？　犯人も坂江市に住んでいる人とかじゃ？」

「違う違う。そういうんじゃなくて、乗っ取りってしばらく使われていないアカウントがクラックされるのが普通じゃん？　なのに、現役バリバリの高校生のアカウントが乗っ取られるって変でしょ」

「高校生って意外と安直なパスワードとか設定してるぜ？　現に俺だって誕生日だし」

「えっ⁉」

と、まるでこの世の終わりを迎えてしまったかのような悲痛な面持《おもも》ちで俺を見る香。

そんな顔になるほどまずいことなのだろうか。

「安直だと認識しているのに、クラックされやすい誕生日をパスワードにしてるお兄ちゃんって……いや、まあいいや」

ずり落ちかけていた眼鏡を上げて、香は続ける。

「安直かそうでないかは置いといて、高校生だったら毎日ＳＮＳ使ってるだろうし、すぐバレちゃうから、変な書き込みとかできないでしょってコト」

「すぐバレちゃう、ね」

そういえば俺も、陸上部に入っていたときは、メールや電話よりもＳＮＳを使って連絡を取ることが多かった。頻繁《ひんぱん》に使っているのに乗っ取られて変な書き込みをされるなんて、不思議と言えば不思議だ。

「なるほど、確かにそう言われるとそうだな」

「これは事件じゃないかもしれないね」

「事件じゃない？　事故ってことか？　管理会社の情報漏えいとか？」

「いや、これは人にあらざる者が関与している超自然現象だね。間違いない」

「……は？」

俺は思わず呆けた声をあげてしまった。

だが、香は気にする様子もなく、自信満々に小さな胸を張って得意げに続ける。

「人をだますとか化かすと言えば代表格なのがキツネとタヌキなんだけど、この場合はキツネが関係しているのかもしれないね。一説によると、タヌキのいたずらは人を殺すけど、キツネは殺すことがないらしいんだ。タヌキは舌の先に人の心をのせるけど、狐は尻尾に人の心をのせるんだって。だからキツネは自分の気がすめば心を返すんだけど、タヌキはさんざんだました挙句《あげく》に心を食べちゃうみたい。タヌキって愛嬌《あいきょう》があるのに残酷だと思わない？」

まさにキツネにつままれたような顔で香を見つめる俺。香の話に真面目に耳を傾けたことがそもそもの間違いだったと反省した。

香は超インドア派で、漫画やアニメ、小説に映画とエンタメ系全般が大好物な中学三年生だ。

そこまでだったら「可愛《かわい》い妹さんですね」で終わるのだが、香のぶっ飛びっぷりはとどまるところを知らない。一般女子であれば拒否反応を示すホラーやスプラッタ、怪談まで食指を伸ばす刈島顔負けのオカルトマニアなのだ。

兄の俺が言うのもなんだけれど、一般的には可愛《かわい》い部類に属する香が男子にまったくモテない原因はそれだと思う。なんとも残念な妹だ。

「あのなあ、お前はなんでもかんでもそっちのほうに持っていくなよ」

「なんでもかんでもじゃないよ。あたしの鋭い嗅覚《きゅうかく》が反応したときだけ」

「鋭い嗅覚《きゅうかく》？　お前の鼻が？　ウソだろ」

香の小さい鼻が鋭いものかとつまんでやろうかと思ったが、先日母がケーキを買ってきたとき、二階にいながらその存在に気がついたことを思い出した。

香の嗅覚《きゅうかく》は好きなモノに関しては信頼できる。もしかすると香の嗅覚《きゅうかく》に頼れば、マシロタイムズの怪談特集に使える噂話を入手できるかもしれない。

「なあ香、ちなみに最近だと、どんなものにその高性能嗅覚《きゅうかく》は反応したんだ？」

「え？」

俺の質問に、香は目をぱちくりさせた。

それもそのはずだ。いつもであれば、俺が香の話に食いつくことはない。今朝は特別なのだ。

「ん～、そうだね。最近はネットで噂されている『あの怪人』かな」

「あの怪人？」

「……え、ウソ。もしかして知らない？　お兄ちゃん、本当にあの眞白学院新聞部なの？　アンテナ鈍《にぶ》すぎじゃない？」

「う、うるさい」

「新聞部部員たるもの、常にアンテナは張り巡らせておきなさい」とは河原崎の弁だ。

その言葉を聞いたからというわけではないが、陸上部を辞めてから持て余した時間で、SNSやウェブのまとめサイトを頻繁《ひんぱん》に見るようになった。香までとはいかないものの、ネットの噂には結構敏感になったと思う。

だが、そんな噂を耳にした記憶はない。

「それで、その怪人ってなんだよ？」

ニュース番組が芸能コーナーになって父が席を立ち、代わりに腰を下ろした母を横目に、香に訊《たず》ねた。

「ん～？　お兄ちゃんどうしたの？　あたしの話に食いつくの珍しいじゃん。さては何かあったな？」

「眞白学院新聞部部長様から、都市伝説とか怪談を調査しろって勅令を受けたんだよ」

「……へえ、都市伝説ね。なるほどなるほど」

香はひょいと椅子の上に両足をのせ、体育座りのような体勢を作ると、楽しそうに口角を釣り上げた。そして――

「モンブランのショートケーキ」

香の口から出たのは、俺もよく知る名前だった。

モンブランというのは、坂江駅前にある小洒落《こじゃれ》たカフェのことだ。女子中高生に人気があって、中でもケーキが絶品らしい。

モンブランと怪人に何か関係あるのだろうかと一瞬考えたが、香の言わんとしていることがすぐにわかった。

「お前、大好きなお兄ちゃんを助けるのに、報酬を要求するなよ」

「むふふ。あたしとしては無償で教えてあげたいんだけど、甘やかすわけにもいかないじゃん？　お兄ちゃんを一人前の男にしてあげるのが、あたしの使命だもの」

「いや、甘やかしてほしい。でろっでろに甘やかして」

「却下。無料で教えることができるのは『最近ネットで怪人の噂が流れている』ってところまで。そこからは課金が必要で～す」

「……ぐっ」

にっしっしと笑う香を睨《にら》みつけながら、俺はどうするか考えた。

今からネットでその怪人について調べてもいいが、時間がかかってしまうだろう。記事にできるレベルのものなのか吟味《ぎんみ》している間に、河原崎と約束した週末になってしまうかもしれない。

今はお金よりも、時間を優先するべきか。

「仕方がない。不本意だけど課金してやるよ」

「えへへ、まいどありっ！」

そう言って香は、ジャージのポケットから愛用のスマホを取り出すと、慣れた手つきでとあるサイトを表示させた。どうやら、ネットに散らばる都市伝説や怪談をまとめたサイトらしい。

「なんだこれ？　キオククイ？」

「ちょっと違うかな。記憶喰《キオク》いだよ」

そのサイトに書かれていたのは、「記憶喰い」という怪人についての噂話だった。

「記憶」を「喰らう」と書いて記憶喰い。

まあ、名前を見ただけでどういう怪人なのかはわかったが、とりあえず視線で香に説明を求めた。

「記憶喰いは、消したい記憶がある人間の前に現れて、記憶を食べてくれる怪人なんだって」

「ふうん……記憶を食べる、ねえ」

ありきたりな噂だと思った。そういう話は小説や映画でよく目にする。

サングラスをかけた主人公が、他人に強烈な光を当てて宇宙人に会った記憶を消すという映画があった気がするけれど、なんだったか。

「調べたんだけど、この記憶喰いって実は昔から坂江市にある怪談なんだ。田舎のほうでは今でもうっかり物忘れしたとき『キオクイに食べられた』って言うんだって。その記憶喰いの噂が最近また出回ってて、記憶を食べてもらったひとがもう何十人もいるらしいよ」

「なんかきな臭い感じがするな。怪しいクスリでも使ってるんじゃないか？」

そういった話はよく聞く。先輩や同級生から「嫌なことを忘れられるよ」なんて甘い言葉を囁《ささや》かれて違法薬物に手を染めてしまう、あれだ。

「ん〜、少なくともそういうやつじゃなさそうなんだよね。なにせ、記憶喰いは対価を要求しないみたいだし」

「タダでやってるってことか」

記憶喰いとかいう怪人はどれだけ懐《ふところ》が深いのだ。家族を助ける対価として、ショートケーキを求める女子中学生がいるこのご時世に。

しかし、タダで記憶を消すってところが怪談っぽくもある。坂江市に関係しているし、なかなか良い題材なのかもしれない。

「それで、この記憶喰いって怪人に会うためにはどうすればいいんだ？」

こういった類《たぐい》のものは、会うために手順を追うのが普通だ。どこそこに電話をかけるとか、ベンチで待つとか。

だが、香はその情報を提供するどころか、俺の手からスマホをかっさらっていった。

そして、ニヤケ顔でこうのたまう。

「ケーキひとつで教えられる情報は、ここまでで〜す」

軽く殺意がわいてしまった。この小生意気な妹は、家族にどれだけ重課金を要求するのか。

るよ？」
「追加課金は受けつけるけど、どうする？　今なら記憶喰いに似た俗信の情報も追加す
「お前、射幸心を煽《あお》るのは上手いのな。将来、男を食い物にするような女にならないか
兄ちゃんは心配だよ」
とはいえ、オカルトマニアで空気を読まない香がモテるわけはないのだけれど。
と、そんなことよりも。
ここまで教えてもらえれば、あとはインターネットの力でなんとかなるだろう。これ
以上生意気な妹に課金する必要はあるまい。
「もう課金はしない。ここまでで十分だ」
「ちぇ、つまんないの。あ、支払期限は金曜までだよ。一日遅れると一個増えるから注
意してね」
「ちょっと待て。一日で一〇割ってどれだけ金利高いんだよ。闇金も真っ青だぞ」
ちくりと突っ込んでやったが、香は楽しそうに椅子の上で体育座りをしたまま、ぷら
ぷらとゆりかごのように椅子を揺らすばかりだ。
まったくもって生意気な妹である。
兄としての威厳を保つためにもここは少しきつく言ってやるべきかと思ったが、「行《ぎょう》

儀《ぎ》が悪い！」と母に怒鳴《どな》られてしゅんとしたので良しとした。

暴利を貪《むさぼ》る我が家の小さな闇金王も、家庭内の警察たる母には頭が上がらないらしい。

＊

電車での登校時間を使って、スマホでさっそく記憶喰いについて調べてみた。すると、坂江市に古くから伝わる話は見つからなかったが、坂江市の若者……特に中高生を中心に噂が広がっているようだった。

「記憶喰いは黒いコートを着た身長二メートル以上の大男だった」という話もあれば、「白い頭巾《ずきん》をかぶった小柄な少女だった」という話もある。

だが、「消したい記憶がある人間の前に現れて無償で記憶を食べてくれる」ところは共通していた。

香が言っていたとおり、記憶喰いに食べられた記憶は「なかったこと」になるらしい。

例えば「好きなひとに告白してフラれた」という記憶を食べてもらった場合、告白したという記憶だけではなく、そのひとを好きだったという記憶も消されるのだ。

記憶の消去。

その言葉に魅力を感じないと言えばウソになる。

もしこの記憶喰いが実在するなら、俺は迷わずあの事故の記憶を消してもらう。そうすれば、事故に遭《あ》ったことだけでなく、陸上競技をやっていたこともすべて忘れることができる。

もう走れないことを苦しむこともなくなるし、過去の栄光に気後れすることもなくなる。朝早くに目が覚めて憂鬱《ゆううつ》になることもなくなるし、陸上部の練習風景を見ても「今日も頑張《がんば》ってるな、あいつら。えらいなあ」程度に思うだけだろう。

人生をやり直せるかもしれない——

そんなことを考えているうちに、ウキウキしてしまっている自分に気がついた。

こんな噂話を真に受けてテンションが上がるなんて、俺は小学生か。記憶喰いが実在するわけがないし、もし実在するならすでに俺の前に現れていてもおかしくない。なにせ、夢でもあの車にはねられるほどなのだから。

「おっはよう！　秀俊くん！」

期末試験も終わって、穏やかな朝の空気が流れる教室。登校してからもずっとスマホで記憶喰いについて調べていた俺の耳に、やけに軽い女子の声が飛び込んできた。

声のほうを見なくてもわかる。

新聞部部長の河原崎についで苦手な女子、クラスメイトの霧島野々葉《きりしまののは》だ。

「あれ、朝からどうしたの？　難しい顔で携帯なんか見て」

腰まである長い黒髪を小指でかきあげながら、霧島は俺のスマホをひょいと覗《のぞ》き込んだ。

気がつけば、息がかかるくらいの距離まで霧島の顔が近づいていた。驚いた俺は思いっきりのけぞってしまった。

「顔が近いよ。それに、勝手に携帯見るな」

「ん、見ていい？」

「見てから聞くな」

霧島は中学時代から知る女子だが、幼馴染《おさななじみ》というわけでも友達というわけでもない。中学三年のときに同じクラスになり、その後偶然にも同じ眞白学院に進学しただけの関係だ。

だが、同じ中学の出身だからという理由で、クラスメイトの男子から霧島についてあれこれと聞かれることがある。眞白学院の霧島野々葉は、他校にまでその存在が知れ渡っているほどの美少女だからだ。

霧島のことを端的に言うと「高校生離れした女子」とでも言うのだろうか。

こんな田舎に生まれていなければ、芸能事務所に所属していてもおかしくないほどの、花が咲いたような可憐《かれん》さを持ち合わせている。

さらに彼女は、ずば抜けて頭がいい。テストの学年順位トップ一〇では毎回名前を見るし、この前の期末試験では学年一位になっていた。

頭脳明晰《めいせき》で容姿端麗。一見、非の打ちどころがない完璧な女子だった。

だが、霧島野々葉という人間を作るにあたって、神さまは大切なものを入れ忘れてしまったらしい。

霧島は普通の女子が持ち合わせているはずの、基本的なデリカシーが欠落しているのだ。

例えるなら、断りもなく他人の部屋に土足で上がってくる、とでも言おうか。彼女は、はじめて会う男子に対しても妙に親しく接する鬱陶《うっとう》しい性格なのだ。

そのため「もしかして俺のこと好きなんじゃないか」と勘違いする男子生徒は多いと聞く。

気持ちはとてもわかる。他校で噂されるほどの美少女が気さくに話しかけてくるのだ。経験が豊富な男子であっても勘違いしてしまうのは当然だろう。

しかし、俺は勘違いを起こすことはなかった。

なぜ、女子経験が浅いはずの俺が勘違いを起こさなかったのか。それは、香という霧島に似た性格の女子が身近にいるからだ。

こればっかりは素直に香に感謝しなければならない。妙に親しく接してくる女子が大の苦手になったのは、香のおかげだ。我が妹よ、鬱陶《うっとう》しい性格で生まれてきてくれてありがとう。

「ねえねえ秀俊くん、外を見てよ」

「え？　外？」

素直な俺は霧島に促されるまま、窓の外を眺める。

からっと晴れ渡った空が校舎の向こうに見えた。入道雲がいかにも夏らしさを演出している、なんの変哲もない夏の空だ。

「外がどうかしたのか？」

「世界はこんなに晴れ渡っているのに、秀俊くんだけジメジメとした空気で雨季まっさかりだね」

「よしわかった。お前は俺に喧嘩《けんか》を売っているんだな」

霧島は本当に香そっくりだ。こいつも将来、悪い女になるに違いない。

「というか、慣れ慣れしく下の名前で呼ぶなって言っているだろ」

「いいじゃん。秀俊くんは秀俊くんだし。それとも、秀ちゃんとか秀っちとか、そういう可愛《かわい》い愛称で呼ばれたい？」

「そんな愛称で呼ばれたことないし、呼ばれたくもない」

「あ、秀ちゃんが怒った」

霧島はくすくすとくすぐったそうに笑う。

何がおかしいのかわからないけれど、霧島はとても楽しそうだ。

そんな姿を見るたびに、霧島は人生が楽しくて仕方がないのだろうなと思う。性格が残念でも可愛《かわい》くて頭が良いという二本柱があるだけで高校生活は順風満帆だろうし、卒業してからの人生も自由に選び放題だ。

「もういいから、あっちいけよ。俺は新聞部の取材で忙しいんだよ」

「新聞部の取材？　あ、そっか。マシロタイムズ、夏休み明けに刊行だもんね」

「よく覚えているな。うちの生徒で刊行スケジュール熟知しているのって、霧島くらいだと思うぞ」

地域で有名な校内新聞だと言っても、生徒に望まれているかどうかは別問題だ。河原崎が持つ情報を欲する生徒は多いけれど、マシロタイムズを楽しみにしている生徒なんて、一体どれくらいいるのだろう。

「結構楽しみにしているからね。秀俊くんも、前に書いたようなやつ、また書いてよ」

「前の記事？　なんか書いたことあったっけ？」

「ほら、陸上部の夏季合宿密着記事」

「……ああ、あれか」

思い出してひどく憂鬱《ゆううつ》になってしまった。

そういえば、あれが新聞部で最初に書いた記事だった。

顧問の後藤先生から「新聞部の最初の活動として、陸上部を題材に書いてみてはどうか」と言われて書いたものだ。合宿での一日のトレーニング内容をわかりやすく書き起こし、夢や目標について部員にインタビューもした。

「あの記事、すごくわかりやすくて面白かった。なんか、キラキラしていて熱があるっていうか」

「あ、そう」

あの頃は膝が完治してまた走れるようになると信じていたから、色々なことに熱が入っていたのだと思う。

だが、半年たって一生まともに走ることができないとわかったとき、その熱は一瞬で冷めてしまった。

今思えば、とても滑稽《こっけい》だ。未来は輝かしいものだと信じていたから、キラキラしていたのかもしれない。今の俺に書けるのは、霧島に「逼迫《ひっぱく》してて、なんかこの世の終わりみたい」なんて、からかわれてしまうような記事くらいだろう。

「あのさ、霧島。新聞楽しみにしているなら、そろそろ取材に集中させてくれないかな。これから企画をまとめて、部長の河原崎に連絡する必要もあるし」

「ねえねえ、今回ってどんな企画なの？」

「うるさい。河原崎に聞けよ」

「む。なによ。教えてくれてもいいじゃない。ケチ」

さすがにカチンときたのか、霧島はべっと舌を出してしかめっ面《つら》を見せる。だが気を害した様子もなく「楽しみにしているからね」と笑顔で言い残して、女子生徒たちの輪へと入っていった。

霧島は本当に不思議なやつだ。いつも邪険にしているのに、心折れずに絡んでくる。「タフ」という言葉は、霧島のためにある言葉なのかもしれない。

……などと考えていた矢先、ぽんと肩を叩かれた。

振り返ってみれば、丸顔キツネ目の男子生徒が無表情で立っていた。怪談記事でパートナーを組むことになった刈島だ。

「よ、よう、刈島」

無言でじっと俺を見る刈島に気圧《けお》されてしまった。物静かで一見何を考えているのかわからない刈島は、色々な意味で怖い。

「河原崎さんから聞いているよな？　企画の件」

「聞いてるよ。俺とお前で怪談を調べることになった」

「一応聞いとくけど、記事になりそうな題材、ある？」

そう訊《たず》ねる刈島の目は、「どうせ考えもしていないのだろうけど」という内心をはっきり物語っていた。俺を甘く見るなと返したかったが、これまでの俺を見ていればそう思われても仕方がない。

「実はちょうどいい感じの噂話がある。記憶喰いって怪人の話なんだけど」

「記憶喰い……ああ、あれか」

刈島はふふんと鼻で笑う。

「あ、やっぱり知ってたか」

「最近ネットで噂になっているやつだろ？　記憶を消すとかなんとか」

「そう。中高生の間で広がっているから、記事として良いんじゃないかと思ってさ」

「……あのさ、ひとついい？」

刈島は心底呆《あき》れた、とでも言いたげな表情で続ける。

「僕の企画書はちゃんと読んだ？　地域に根づいた昔からの怪談や都市伝説を記事にするって書いてなかったっけ？」

「いや、この記憶喰いって、実は昔から坂江市にある怪談らしいんだよ。田舎のほうでは今でも昔の記憶喰いの話を知ってる人間がいるんだと」

瞬間、刈島の顔が歪《ゆが》んだ。どうやら記憶喰いが坂江市ゆかりの怪談だということを知らなかったようだ。まあ、ネットにその情報はなかったし、知らなくて当然なのだが。

というか、香は凄《すご》いな。この刈島を超えてくるなんて、将来が心配だ。

「そっ、そんな都合のいい話があるか。それに、たとえそうだとしても、記憶喰いなんて僕から言わせれば低俗なくだらない作り話だ。マシロタイムズにふさわしくない」

そんなことを言われて、さすがに俺もムッとしてしまった。

確かに、香の話を裏付ける情報はまだ見つけられてないが、オカルト系の話であいつがデマを言うわけがない。それに作り話というなら、大抵の都市伝説や怪談も同様の作り話だ。

「記憶喰いが坂江市ゆかりの怪談だと知らなかったからってケチをつけるな」と言い返そうかと思ったがやめた。ここで刈島と言い合いをするほど無駄なことはない。

「似つかわしくないかどうかを決めるのは、お前じゃなくて河原崎だろ。とりあえず、河原崎に連絡しとくからな」

「あ、そう。だったら僕もいくつか思いつく題材を河原崎さんに連絡しておこう」

どちらの案が採用されるか勝負だとでも言いたいのか。嫌な性格をしているな。

だが、刈島の案が採用されるならそれでいい。調査を刈島に任せる口実になるし、無駄な労力を使わずにすむ。

俺と刈島とではモチベーションが違うのだ。刈島の案でマシロタイムズの評判が上がっても、俺の案で下がっても、正直なところどうでもいい。記事を書いて新聞部を退部させられなければ、それで良いのだ。

「じゃあ、また後でな」

憎たらしい刈島の声に交ざり、ホームルームの開始を告げるチャイムが鳴り響いた。

担任が教室の扉を開くと同時に、刈島や雑談していたクラスメイトたちが席へ戻る。

期末テストも終わって、いよいよ待ちに待った夏休みがはじまるからか、教室の空気はいつもより浮ついているように感じた。

刈島のやつに苛立《いらだ》っていたせいで、そんな空気が無性に鼻につく。

家族と旅行に行くやつ。友達とどこかに行くやつ。部活動で頑張《がんば》るやつ。

夏休みの予定は人それぞれだろうけど、みんな楽しみにしているのは空気でわかる。俺も中学三年の夏まではそうだった。

俺の場合は、部活を楽しみにしていた。当時は陸上に熱中していて、陸上競技だけが俺の人生だったからだ。

だが今では、得意としていた四〇〇メートルどころか、一〇〇メートル走っただけで左膝の痛みで動けなくなってしまう。

まったくの無駄だった。小学校時代から他のものに目もくれず、ひたすら陸上競技に明け暮れた時間は無意味だった。

無駄になる可能性があることは、はじめからやらないほうがいいというのが、事故で得た教訓だ。未来に希望を持てなんて、人生がうまく行っているやつの戯言《ざれごと》にすぎない。ポジティブに生きたところで、事故に遭《あ》った最悪な過去は変わらないし、走れない未来も変わらないのだ。

そんなネガティブなことを悶々《もんもん》と考えているうちに、いつのまにかホームルームは終わっていた。

終わってから、スマホのメッセージアプリに新着メッセージがあることに気がついた。送信者は、河原崎。メッセージアプリには新聞部のグループがあり、そこに俺や刈島、河原崎も参加している。記憶喰いの件は直接河原崎に送ったが、部員たちに告知する意味もあってか、回答は新聞部のグループにあった。

『杉山くんの記憶喰い案でいく』

いかにも河原崎らしい一文だった。

文章に高圧的な空気を感じさせてしまうなんて、あいつはやっぱり凄《すご》い。もしかすると、メッセージに「威圧的な空気」みたいなものが添付されているのではないかと思ってしまう。

しかし、と俺は河原崎のメッセージを見ながら考える。

河原崎はどんな理由で記憶喰いの案をＯＫしたのだろう。

記憶喰いは坂江市にゆかりのある怪談だと香は言ったけれど、ネットにその情報はなかった。まさか、河原崎もとうに調査済なのか。

なんだか気味が悪い。放課後に図書室で確認したほうがいいかもしれない。

そう考えた俺はスマホをポケットにしまい、一時限目の準備をはじめた。

同じメッセージを見ているはずの刈島は確認しなかったが、きっと悔しそうにこちらを睨《にら》んでいるに違いない。その顔は少し見たかったが、見たところでなんの利益にもならないことに気がついてやめることにした。

＊

放課後に開放されている図書室は生徒に人気のスポットだ。

眞白学院は学校法人が運営する私立高校ということもあり、田舎の高校にしては施設が新しい。特に図書室に関してはやけに力を入れている。エアコンはもちろん、防音設備まで備わっているし、「生徒図書委員会」なる委員会まで設けて、市の図書館顔負けの充実した選書を行《おこな》っている。

空調がきいていて、心地よい静けさを保ち、本も豊富。ということはつまり、図書室は勉強にもってこいの場所なのだ。新聞部の部室としても使わせてもらっているため、黙々と勉強している生徒たちの姿はよく目にしている。

だが、今日の図書室は違った。

勉強に励む生徒たちの姿はなく、本を読んでいる生徒がぽつりぽつりいる程度だ。

何かあったのだろうかとしばらく考え、つい先日期末試験が終わったことを思い出した。

大学進学を見据えて本気で勉強している生徒は塾に通っているし、試験が終わってすぐに図書室で勉強する生徒なんているわけがない。

「……あれ、河原崎もいない」

ぐるりと図書室を見渡して、お目当ての河原崎の姿もないことに気がついた。

図書室に設置されているパソコンを使っているのかと思ったが、そこにもいない。

「ま、いいか」

週末は遅くまでいると言っていたし、待っていれば現れるはず。

そう考えた俺は、待っている間にパソコンを使って記憶喰いについて調べることにした。

家にも一台、家族共用パソコンがあるが、香に占拠されていたら使えない。朝のようにスマホで調べることもできるが、やはり本気で調べるには少し難がある。

それに、記憶喰いが坂江市に関係しているなら、この場所で郷土資料をあされば情報が得られるかもしれない。ここには公共の図書館にしかないような郷土資料もいくらか置かれているのだ。さすがは文学賞作家、山形ノボルを輩出した学校だ。

「とりあえずは、本当に坂江市に関係しているか調べるために『記憶喰い』『場所』で検索してみるか」

パソコンのブラウザを立ち上げ、検索窓に記憶喰いの文字を打ち込む。

すぐさま香に教えてもらった都市伝説のまとめサイトや、個人ブログなどがずらりと表示された。

香は「噂では記憶を食べてもらった人が、もう何十人もいる」と言っていた。何十人という数字は一見多いように思えるが、噂としてネット上で成立させるにははっきり言って少ない。となると、ネットに溢《あふ》れる情報のほとんどが噂話に便乗した作り話の可能性だってある。

ざっと見てみたが、一体どれが本当の情報か、まるでわからなかった。都市伝説や怪談に熟知している人間であれば判別がつくのかもしれないが、俺には無理だ。

これは香に追加課金して、調べてもらったほうがいいのではないか。

そんなことを思いつつ三〇分ほどがたち、記憶喰いという漢字がゲシュタルト崩壊しかけてきたときだった。

心地よい静寂に包まれていた図書室に、急に蝉《せみ》の合唱が響いた。ようやく来た河原崎が扉を開けたのかと思って振り返る俺の目に映ったのは、意外な人物だった。

「……霧島?」

そう、クラスメイトの霧島野々葉だった。

彼女が部活に入っているかどうかは知らないが、これまで放課後に図書室に顔を出したことはない。

「あ」

しばらく図書館の入り口できょろきょろと見渡していた霧島と、ばっちり目が合ってしまった。咄嗟《とっさ》に目を逸《そ》らしたが、遅かった。

「秀俊くん、見っけ」

さすがに周りに気を使っているのか、霧島は足音を立てず、するするとこちらに近寄ってくる。

「図書室ってこんな涼しかったんだね。知らなかった」

「なんでお前がここにいるんだよ」

「ん～と……河原崎さんに聞いて」

「河原崎に聞いて？　俺がここにいるって？」

河原崎に図書室で待っていることは伝えていない。俺がここにいることは知らないはずだ。

「あ、違う違う。朝に秀俊くんが言っていたでしょ？　マシロタイムズの企画が何になったのかは河原崎さんに聞けって」

「あ～、確かに言ったね」

「だから、河原崎さんに聞いたの」

「……？」

いまいち会話の流れがわからない俺は、視線でさらに説明を求める。

「マシロタイムズの企画って記憶喰いでしょ？」

「そうだけど？」

「だったら私、力になれるかなあと思って。それで秀俊くんを探してたんだ」

よく見ると、霧島は汗をかいている。こんな暑い中探し回るなんて霧島はいいやつだな、などと思いつつも、なんの力になれるのだと疑惑の目を向けた。

「あ、もしかして力になれるわけないって疑ってる？」

「そりゃあね。霧島が都市伝説とかに詳しいなんて聞いたこともないからな」

「へえ、私のこと誰かから聞いたりしてたんだ？」

「単なる噂だ」

「ふうん」

おどけるように肩をすくめる霧島。

なぜ嬉しそうにするのかわからない。普通だったら「きもーい」とか言うところだろう。そう言われたらそう言われたで、自意識過剰だと即座に突っ込むけれど。

「でも、秀俊くんが言うとおり、都市伝説とかに詳しくないのは正解かな」

「だったら、なんでわざわざ図書室まで」

「ん〜とね」

そうして霧島はしばらく考えた後、そっと耳元に近づいてきた。

思わずぎょっとして身を引いてしまった。

だが、霧島は周りに聞かれたくないのか、どうしても耳打ちしたい様子だった。仕方なく耳を貸すことにした俺は、おっかなびっくりで霧島の口元に耳を寄せる。苦手とはいえ、女子にここまで近づかれるのは、ちょっとドキドキしてしまう。

誰かに見られたりしてないだろうな。そんなことを心配した矢先だった。

霧島はまるで昨日食べた夕食のメニューを話すように、さらりととんでもないことを言った。

「あのね、実は私、記憶喰いに記憶を食べてもらったことがあるんだ」

第二章　記憶巡り

眞白学院のジャージを着た学生たちが、ガラスの向こうの歩道を歩いている。その姿に一瞬どきりとしてしまったけれど、彼らがバレーボール部だと気がついてほっとした。もし陸上部の連中が通りかかったらと思うと、気が滅入《めい》ってしまう。

なにせ俺は今、夏休みの初日から坂江駅前のカフェ・モンブランにひとりでいるのだ。奥の席だったら外から見られる心配もなかったのに、どうしてよりによって外から丸見えの窓際の席に座ってしまったのだろう。座って十分以上たっているため、なんだか恥ずかしくて移動もできない。どうしようかとしばらく悩んだ結果、窓の外に背を向けて耐えることにした。

モンブランの店内には、年季を感じさせるアンティークなインテリアや、ゆったりとしたカラフルなソファーが並んでいる。女子中高生に人気なのは、こういうお洒落《しゃれ》な雰《ふん》囲気《いき》も関係しているのかもしれない。

昨日、香へのショートケーキを買いに来たときは学生の姿もあったが、夏休みがはじまったからか、今日はスーツ姿のビジネスマンや、私服の女性がいるだけだ。

俺の格好は、近所のコンビニに行くようなダサいジャージ姿ではないけれど、間違いなく場違いだと思う。はっきり言って、浮いている。

なのに、なぜモンブランにひとりでいるのか。それは、霧島が図書室で言ったことを今日この場で証明してもらう約束をしたからだ。

霧島は「記憶喰いに記憶を食べてもらったことがある」と言った。一年前に記憶喰いに会い、記憶を食べてもらったらしい。

正直、またからかわれているのかと思った。そんなことを言った上で「こんな話を真に受けるなんて、さすが新聞部だね」なんて笑うのが、霧島のいつものパターンだ。

だが、一昨日の霧島は違った。訝《いぶか》しむ俺を見て「私が記憶を食べられた証拠を見せた上で、秀俊くんに協力したい」と言ったのだ。

霧島はデリカシーが欠如しているやつだが、性格が悪いわけではない。

彼女なりのルールとでもいうのだろうか。からかったりするのはいつもその場限りなのが決まりだった。後日まで時間をかけるような手の込んだことはされたことがない。

もちろん、それだけで霧島の話を信じはしない。正直、新しい霧島のからかいパターンである可能性のほうが高い。

だが、一昨日の霧島に妙な違和感を覚えたのは確かだ。

だから俺は今日、待ち合わせに指定されたモンブランに足を運んでみることにした。

「ご注文はいかがいたしましょう」

注文もせずに居座っている客に業《ごう》を煮《に》やしたのか、男性店員がやってきた。カフェの空気にマッチしている、落ち着いた店員だった。

「あ、えーっと、すみません、もうひとり来るので、彼女が来てからでもいいですか?」

「かしこまりました。それでは、そのときにお呼びください」

「は、はい」

つい「彼女が来てから」なんて言葉を使ってしまった。霧島が来たときに「そういう関係」だと思われないだろうか。店員は赤の他人だとはいえ、霧島との関係を勘違いされるのはよくない。変な噂が立てば、霧島を崇拝している男子高校生たちとトラブルになる可能性がある。あいつのせいで面倒なトラブルに巻き込まれるのはごめんだ。

「……ん?」

と、そんな心配をしていた矢先、横からコンコンと何かを叩く音が聞こえた。

そちらのほうに顔を向ければ、霧島が指先でガラスを叩いていた。

思わず息を呑《の》んでしまった。

ガラスの向こうに立っていた霧島が、いつもよりずっと大人っぽい雰囲気《ふんいき》だったからだ。

ゆったりしたシャツに、花柄のショートパンツ。つばの縁《ふち》が切りっぱなしのフリンジハットがすごく夏っぽい。

一瞬、誰かと思った。ドキリとしてしまったことが、なんだか悔しい。

苦し紛《まぎ》れに咳払《せきばら》いをしてそっぽを向くと、そんな俺を見て満足したのか、霧島は小走りでカフェの中へと入ってきた。

「へへ、奇襲成功」

そしてそんなふうに笑って正面の椅子に腰掛けた。

いつもと違う大人っぽい霧島は、いつもと変わらず鬱陶《うっとう》しいほど明るくて、嫌になるほど無邪気だった。

「あれ？　秀俊くん、元気ないね」

「元気がないんじゃなくて、お前に呆《あき》れてんだよ。普通に入ってこいよな。子供かよ」

「法律上、高校生ってまだ子供だよ？」

「高校生は周りの目を気にすることができる子供だ」

「それはご心配なく。秀俊くんに言われなくても、周りの目は気にしてるから」

窓からの日差しできらめく髪を小指でかきあげながら、霧島は笑顔でメニューを見はじめた。見た目的な意味合いで言っているのだろうが、面倒なので何も突っ込まないことにした。

「秀俊くん、もう頼んだ?」

「いや、まだだけど」

「あ、もしかして、私に気を使ってくれてたとか?」

「違う。モンブランに詳しくないから待ってただけだ。変なもの頼んで失敗したくないだろ」

「ふ~ん」

「なんだよ」

「別に」

霧島はちらりとこちらを見て、きゅっと口角を釣り上げる。

「ちなみにモンブランにあるのは、どれも外れなしだと言っておくよ。秀俊くんの口にも絶対合うはず」

「絶対って、俺の好みを知ってるのかよ」

なんでも知っているような口調が、なんだか腹立たしい。逆に嫌いなものをわざわざメニューから見つけてやろうと思ったが、今日の目的を思い出して、メニューに伸ばしかけていた手をひっこめた。

「あれ、頼まないの？」

「俺はケーキを食べにここに来たわけじゃない。念のために聞くけど、俺を呼び出した理由はちゃんと覚えてるよな？」

「もちろん覚えてるけど、とりあえず何か頼もうよ。せっかくモンブランに来たんだから……すみませ〜ん！」

霧島は店員を呼んだ。

「この苺《いちご》と紅茶のケーキをひとつ」

霧島が指差したのは、スポンジと苺《いちご》が幾層にも重なっているショートケーキだった。おいしそうだが、なかなかボリュームがあるように見える。線が細い霧島はあまり食べるほうではない気がするのだけれど、スイーツは別腹というやつなのだろうか。

と、そんなどうでもいい心配をしたとき。

「……あと、このプレミアムチョコレートケーキに、フロマージュ」

「え？」

霧島はひとつどころか、三つもケーキを頼んだ。

「お、おい、ちょっと待て。俺はケーキなんて食べないぞ」

「食べてくれ、なんて一言も言ってないよ」

これぞきょとん顔、という表情で言う霧島。

「……まさかお前、ひとりで三つも食うのか？」

思わずあっけにとられてしまった。奢《おご》るわけじゃないから別にいいのだけれど、色々な意味で三つも頼んで平気なのだろうか。

「奢《おご》らないからな」と念を押そうかと思ったがやめた。思い出したかのように「情報提供の見返りに奢《おご》って！」とか、香のようなことを言われたらたまったものではない。

結局俺はオレンジジュースを頼み、霧島は苺《いちご》と紅茶のケーキにプレミアムチョコレートケーキとフロマージュ、そしてアップルジュースを頼んだ。

「実は私、甘いものが大好きなんだ」

注文を聞いた店員がテーブルを後にしたあたりで、霧島は嬉々とした表情で口を開く。

「洋菓子も好きだけど、和菓子のほうが好きかな」

「あ、そう。なんの得にもならない情報をありがとうな。でも、できるならそんなことよりも記憶喰いについて早く――」

「そうだねえ、水ようかんとかどら焼きとかカステラが好きかなあ。あ、カステラと言えばさ」

霧島は俺の言葉を完全に無視し、意気揚々と続ける。

「秀俊くんは長崎カステラと東京カステラ、どっちが好き？」

「いや、だから、そんなことよりも」

「もちろん、我らが長崎県への地元愛は抜きにしてね」

「……」

抗《あらが》うことができない妙な威圧感がある。

河原崎とは種類が違う、無視しようものなら罪悪感を抱いてしまいそうな空気だ。絡んでくる霧島を無視できない原因がこれなのだ。

「な、長崎カステラかな」

別にカステラが好きというわけではないけれど、県民として当たり障《さわ》りのない答えを返した。霧島の顔にぱっと笑みの花が咲いた。

「だよね！　この前東京からカステラを取り寄せて食べ比べてみたんだけど、長崎カステラのほうが甘かったんだよね。使ってる砂糖が違うのかな？　東京のほうが体に良さそうな砂糖を使ってそうじゃない？　そういうことにこだわってそうだし。ところで、砂糖と言えばさ」

まるでマシンガンのように放たれた霧島の話題は、カステラから砂糖に華麗に移る。

「勉強に疲れたときは糖分を取るのがいいって言うじゃん？　だけど、必要なのは糖分が分解されてできるブドウ糖だって知ってた？　脳の活動に必要なのがブドウ糖なんだ。ブドウ糖を摂取できるお手軽な食べ物って、なんだか知ってる？」

「え？　ぶ、葡萄《ぶどう》とか」

「ぶぶー、ハズレ！　正解はラムネだよ。ジュースのほうじゃなくて、駄菓子屋で売ってるアレね。砂糖が入ってるラムネもあるんだけど、昔ながらのラムネはブドウ糖だけで作られてるから、カロリーも低いしすごくいいんだって。というか、葡萄《ぶどう》なわけないじゃん」

秀俊くん馬鹿だなあ、なんて霧島は笑う。

ぐったりしてしまった。こいつは一体なんなのだと呆《あき》れても、もう遅かった。

霧島の話題は坂江市を飛び出し、世界中を旅していく。葡萄《ぶどう》からワインにすっ飛び、そこからさらにフランスのブルゴーニュ地方に飛んで、中世の百年戦争にジャンプした。

さすがはテスト学年一位の知識量と賞賛したくなるぶっ飛び具合だった。次はどこに飛ぶのだろうと心配になってきたあたりで、霧島の話題はようやく落ち着きを取り戻した。

店員が、注文したケーキとジュースを運んできたからだ。さすがにケーキを食べるときは集中したいようで、霧島は急におとなしくなった。

「……ごめん、ちょっとはしゃぎすぎちゃったかな」

ひとつめのケーキを半分ほど食べて、クールダウンした霧島は申し訳なさそうな表情で言う。

「ちょっとじゃなくて、だいぶな」

「秀俊くん、そういうときは『気にしないで』って言うのが、女子に対する優しさだと思うんだよね」

「ちゃんと言ってあげるのが優しさだろ。それに、霧島はそういうのを少し気にしたほうがいい」

「そういうのって？」

霧島はケーキに乗っていた大きな苺《いちご》をヒョイと頬張《ほおば》ると、心当たりありませんと言いたげな表情で首をかしげた。

「そういうのっていうのは、つまり……あれだ。例えば学校でさ」

「学校？」

「そう。もっとまわりの目を気にして、俺に絡むときはクラスメイトのいち男子として接したほうがいいと思うんだよな」

「ん〜と、つまり……秀俊くんのこと、男子としてもっと意識しろってこと？」

「まあ、そういうことだな」

「へえ。自分を男として意識しろって、秀俊くんって意外と大胆なこと言うねえ」

小さなフォークを咥《くわ》えたまま、霧島はくすくす笑いはじめた。しばし考えて、ようやく霧島が言わんとしていることに気がついた。

「いや、ちょっと待て！　違うぞ！　そういう意味じゃなくて、ただのクラスメイトとして接しろって言いたいんだよ！　ただのクラスメイトには慣れ慣れしくしないもんだろ！」

「あはは、まあ落ちついて。ケーキ一口食べる？」

「たっ、食べない！」

デリカシーがない霧島らしく、食べかけのケーキを載せたフォークを差し出してくる。

とりあえず気持ちを切り替えるために、オレンジジュースに口をつけることにした。

口の中に広がった甘酸《あまず》っぱくて濃厚な酸味が、浮ついた思考を落ち着かせてくれる。

深呼吸をひとつはさんで、ようやく地に足がついた感覚が戻ってきた。

霧島のペースに呑《の》まれるなと己に言い聞かせる。

これ以上会話を続けていたら何をされるかわかったものではない。記憶喰いに記憶を食べてもらったという証拠を見せてもらって、さっさとモンブランを出ていくのが吉だ。

「あのさ。そろそろ記憶喰いに会った証拠、見せてもらえないかな」

「……ん〜、そうだね」

ちょうど店内に流れていた音楽が終わり、しばらく静寂が流れた。ふとテーブルに視線を下ろしてみれば、霧島はいつの間にかケーキを三つとも食べ終わっていた。

「秀俊くん、どこまで知ってるの？」

「え？」

「記憶喰いのこと。色々調べてるでしょ」

霧島の声のトーンがいくらか落ちていることに気がついた。記憶喰いの件については、おもしろ半分で話すつもりはないようだ。

「そうだな……今わかってるのは、ネットに落ちてるような情報だけだ。例えば、黒いコートを着た身長二メートル以上の大男だったとか、白い頭巾《ずきん》をかぶった小柄な少女だったとか……ちなみに、それってどっちが正解なの？」

「容姿か。う〜ん、どうだったかな」

「どうだったかなって……お前、会ったんだよな？」

「会ったよ。会って、記憶を食べてもらった」

霧島はまっすぐな視線を俺へと向けた。

単純に俺が見抜けないだけなのかもしれないが、霧島はウソを言っているようには見えない。

まあ、これから記憶喰いに会ったという証拠を見せてもらうのだから、その疑問も解決してくれるに違いない。そう判断し、俺は回答を続けた。

「あとは、記憶喰いは何かに後悔している人の前に現れて、無償でその記憶を食べてくれる怪人ってことくらいだな。知っているのはそれくらいだ」

「そっか」

ストローを使ってコップの底に沈殿している果実をかきまぜながら、霧島は続ける。

「秀俊くんは、記憶喰いについてどう思う？」

「どう思う？」

質問の意図がわからなかった。記憶を食べる善悪を訊《たず》ねているのだろうか。

まあ、過去に起きたことを消してやり直すというのは、ある意味「逃避」だと思う。目の前にある現実から逃げる、いわば自分の人生に背を向けた行為だ。

だが、別に構わないと思う。過去の嫌な出来事と決別して一歩前に進めるのだから、それはそれでいいことだ。

「別にいいと思うよ。俺だって、忘れたい過去はあるし」

「それって、去年の事故のこと？」

「まあね。あの事故があったから、俺の人生狂っちゃったわけだし」

「秀俊くんが事故に遭《あ》ったって先生に聞いて、びっくりしたのを覚えてる」

「見舞いに来たクラスの他の連中にも同じことを言われたよ」

　事故で一ヶ月くらい入院することになってすぐ、クラスメイトが見舞いに来てくれた。事故に遭《あ》ったのは高校生活が始まった直後だったため、それがきっかけで少し仲良くなったやつらもいた。

　だが、退院してもう走れないということがわかってからは、彼らに話しかけないようにした。腫《は》れ物を触るように接してもらいたくなかったし、「可哀そう」なんて同情されるのが嫌だったからだ。

「私が記憶喰いの噂について知ったのは結構前なんだけどね、秀俊くんと違って否定的な意見だったんだ。良い悪いの前に、そんなことあるわけないじゃんって思った」

「その言い方だと、俺が記憶喰いの存在を完全に信じてるふうに聞こえるけど」

「存在するしないの前に善悪を答えるところを見ると、信じてるんじゃないの？」

「信じてない。だって、まだ霧島に証拠を見せてもらってないからな。証拠を見せてもらったら、一〇〇％信じるかもしれないけど」

だから、早く証拠を見せて欲しい。

そう言って、俺は期待と不安が入り混じった視線を霧島へ向けた。

俺と霧島の間にしばしの静寂が流れる。

そして、もう一度催促しようと思った矢先――

「……あのね」

霧島はじっとうつむいたまま、ぽつりと切り出した。

「実を言うと、私が記憶喰いに記憶を食べられたっていう、はっきりした証拠ってないんだ」

へえ、そうなのかと一瞬だけ納得してしまった。

だが、すぐにとんでもないことを言われたことに気がついて、聞き返した。

「……なんて言った、今？」

「だから、記憶喰いに記憶を食べられたっていう、はっきりした証拠はないの」

「は？　なんだよそれ。図書室で証拠があるって言ってただろ」

「もちろん、秀俊くんにウソはついていないよ？　だけど、私が記憶喰いに会ったことも、記憶を消したことも、証明できないんだ。なぜって、記憶喰いに会ったという記憶は残っているんだけど、何を食べてもらったのかとか、どうやって会ったのかは全部消えちゃってるから」

それはそうだろう。記憶喰いは消したい事象に関する記憶を全部食べると言っていた。つまり、なぜ記憶喰いに会いたいと思ったかも、どうやって会ったのかもすべて消える対象になるというわけだ。

「だから、私から話せるのは記憶喰いに会ったということと、記憶を食べられたらどうなるかってことくらいしかない。けど、それでも当事者だからこそわかることって、きっとあると思うんだ」

「当事者だからこそ、わかること？」

「うん」

霧島は小さく頷《うなず》いた。

「なくなっているのは私の記憶だけで、実際に記憶喰いに会った事実は消えていないから、どこかに頻繁《ひんぱん》に行っていたとか、何かを頻繁《ひんぱん》にやっていたとか、そういうサインはどこかに残っているはずなんだ」

「サインか。なるほどね」

もし本当に霧島が記憶を食べてもらっていたなら、どこかに行ったという「記憶」は消えても、日記などの「記録」が残っている可能性がある。そこから記憶喰いにつながるヒントを得られるかもしれない。

「霧島の話が本当かウソか、確かめる意味でも質問があるんだけど」

「いいよ。なんでも答える」

「霧島が本当に記憶喰いに会って記憶を食べられていたとするなら、どうして『食べられたこと』を覚えているんだ？」

霧島は記憶喰いに記憶を食べられた。だったら、「記憶喰いに会って食べてもらった」記憶もなくなるはずだ。

なのに、霧島は覚えている。記憶喰いに会ったことも、記憶を食べてもらったことも。

「その理由は簡単だよ」

霧島は他愛《たあい》もない質問だと言わんばかりに即答した。

「私には、消して欲しい記憶が多かったからだよ。ひとつは食べてもらったけど、他のは食べ残されたんだ。だから、記憶喰いに会ったことは覚えてる」

消したい後悔が多い場合は、記憶喰いは記憶の一部を残すことがあると、霧島は説明した。

記憶喰いは、生きるために他人の記憶を食べているのだという。一度に全部食べず、次の機会に取っておくというのは、ある意味野生動物の貯食行動のようなものらしい。記憶喰いに会った記憶と後悔を残す。確かにそうしたほうが、糧《かて》として記憶を食べる記憶喰いにとっては都合がいい。

霧島の話は納得ができるものだった。

咄嗟《とっさ》に考えたものではなさそうな感じがするし、ウソを言っているような雰囲気《ふんいき》もない。

しかし、記憶喰いの存在を信じる信じないの前に、霧島の人生に消して欲しい出来事がたくさんあるというのが驚きだ。

三十年とか四十年生きているならまだしも、十七年の人生の中で消して欲しい出来事なんて、あってもひとつかふたつくらいだろう。

「私がそんな人生を送っているなんて、意外？」

まるで俺の心を読んだかのように、霧島は訊《たず》ねた。

「まあな。霧島って、人生うまく行ってますって感じだからな」

「人は見かけによらないんだよ」

そう言って、霧島はケーキが載っていた皿をちょいとつついた。

霧島は見かけによらない。確かにその通りだ。

「質問はそれだけ？」

「いや、あともうひとつ。まあ、この質問は直接記憶喰いと関係ないかもしれないけど」

「彼氏なら、いないよ」

霧島は嬉しそうに言う。その言葉は無視して、質問を投げかけた。

「そもそもの話、なんで霧島は俺に協力しようと思ったんだ？」

「それはもちろん、秀俊くんの力になりたかったからだよ」

「答えになってない。なんで俺の力になりたいんだよ。俺と霧島は同じ中学校だったけど、仲が良かったってわけじゃないし、こうやって話すようになったのも、高校で同じクラスになってからだ」

時々絡んではくるものの、俺と霧島はただのクラスメイトという関係で、こんなふうに学校の外で会うのもはじめてなのだ。

霧島は伏し目がちでしばらく考えていたが、やがて答えた。

「あのね、実は私が食べてもらったのって、秀俊くんとの思い出なんだ。助けようと思ったのは、その罪滅ぼしって感じかな」

一瞬、息を呑《の》んでしまった。

だが、すぐにそれが偽りであることがわかった。

「それは絶対ウソだ。食べ残されたものがあるから記憶喰いについて覚えていても、食べられた記憶については覚えているわけがない」

それが記憶喰いのルールだったはず。案の定、霧島は舌の先をちろりと出した。

「バレたか」

「あのさ、ここにきて冗談とかやめろよ。霧島の話、全部ウソに思えてきたぞ」

「ごめんごめん、正直に言うよ。秀俊くんに協力するのは私にもメリットがあるからだよ」

「メリット？」

「そう。私、もう一回記憶喰いに会いたいんだ。会って、食べ残されたものを全部食べてもらいたい」

霧島は笑顔でそう言った。

どうやって会ったのかを覚えていないため、記憶喰いを調べている俺に協力すれば記憶喰いにたどり着けるかもしれないと霧島は考えたのだろう。

確かに逆の立場だったら、俺も同じことを考えたかもしれない。

「善意で、なんて言われるよりも、納得できる理由だな」

「秀俊くん、聞かないんだ」

「え？」

「記憶喰いに食べ残された後悔がどんなことなのか聞かれると思って身構えてたのに」

「いや、まあ、それは……あれだ。お前のプライバシーに関わることだから、気安く聞けないだろ」

「うん。聞いたらセクハラだね」

口角を釣り上げる霧島。

「少しは気になるけど」と付け加えなくてよかったと安堵《あんど》した。

まだ質問があるなら聞いてと言いたげに、霧島はこちらを見ている。

俺はひとまずオレンジジュースをひとくち飲んで考えを整理することにした。

霧島が記憶喰いを覚えている理由。記憶喰いが霧島の後悔を食べ残した理由。霧島が俺に協力しようと思った理由。

作り話である可能性は消えないが、霧島が思いつきで話しているようには思えない。

それに、作り話だったとするなら、矛盾が生まれないように事前にそういうストーリーを綿密に構築しておく必要があるだろう。俺をからかうためだったとしても、はたして霧島はそこまでやるだろうか。

疑いが晴れたわけではないが、疑念を抱く箇所も理由も見当たらない。

「まあ、とにかく疑問に思ったことは全部答えてもらったし、ひとまず霧島の言うことは信じることにする」

「ありがとう。そう言ってもらえて安心したよ」

霧島は肩の荷が下りたかのように小さく息を吐くと、椅子の背もたれに身を預けた。

もしかすると、霧島は図書室で「証拠がある」と言ってからずっと不安だったのかもしれない。ここで俺が納得しなかったら、霧島はひとりで記憶喰いを探すことになるからだ。

そう考えると、やはり霧島の話は本当なのかもしれない。

霧島は本当に記憶喰いに会って、記憶を食べてもらった――

下っ腹がきゅっと締めつけられるような感覚があった。カフェは冷房がきいていて涼しいはずなのに、両手にはじっとり汗をかいていた。

この感覚には覚えがある。これは陸上の大会前日によく感じていた、期待と不安が入り混じった高揚感だ。

「ひとつ言っておくけどさ」

心を落ち着かせるためにオレンジジュースを喉に流し込んで、俺は続ける。

「俺の取材能力とかに期待するなよ。なにせ俺は、記憶喰いについて詳しいわけでも、オカルトに強いわけでもないんだ」

「大丈夫。秀俊くんには新聞部っていう後ろ盾があるから心配してないよ。いざとなったら、秀俊くんを通じて河原崎さんとか刈島くんとか、新聞部部員の力を借りることもできるでしょ？」

「いや、それはまあ、そうだけど」

図書室に行けば河原崎にも協力してもらえるだろうし、刈島のやつも独自に記憶喰いについて調査しているはず。だが、最初からあからさまに他の人間を当てにされるのは、なんだか悲しくもある。

「本当は私たちだけで発見できればいいんだけどね。私が記憶喰いを探してるって他のひとに知られたくないし」

「確かにそうだな。霧島が記憶喰いを本気で探してるって広まったら、騒ぎになりそうだ」

霧島が消したい記憶とはなんなのかと誰もが疑問に思うだろう。できる限り俺たちだけで調査して、他の人間に頼るのは最後の手段にしたほうがよさそうだ。

「とりあえずは俺と霧島だけで記憶喰いについて調査するとして、問題はどこからはじめるかだな」

「ん～、そうだね。一年前に私が行った場所から記憶喰いにつながるサインを探すことになるんだけど……多分、何も残ってないと思う」

「ブログとかSNSとか何もやってないのか？　一年前も？」

「だって、そういうの面倒じゃない？」

「いや、面倒ってお前……」

現代に生きる女子高生とは思えない回答に閉口してしまったが、やってないものは仕方がない。とはいえ、霧島の記憶を頼るわけにもいかない。

仮に学校の屋上で三回まわってワンと叫べば記憶喰いが現れるとするなら、三回まわってワンと叫んだことはもちろん、屋上に行ったことすら忘れているはずだ。

とするなら、別の方向から考えてみるべきか。

「たとえば、霧島と一番仲がいい人間に聞き込みをするってのは、どうかな？」

「え？　聞き込み？」

「そう。どこかに頻繁《ひんぱん》に行ってたなんてことを、霧島本人は忘れていても、周りは覚えてるはずだろ？　それを霧島の仲がいいひとに聞ければ、一発でわかるかもしれない」

「……なるほど。日頃私と接していたからこそわかる何かってことね。うん、それは盲点だった。秀俊くん、かしこマンだね」

「かしこマン？」

「賢いマン」

多分褒《ほ》められたのだろうが、よくわからなかったので話を続けることにした。

「それで、誰かあてはある？」

「ん～、奈々穂《ななほ》はどうかなあ」

「ななほ？」

首をかしげる俺を、霧島は不思議そうにしばし見つめ、何かに気がついたように目を丸くした。

「……あ、ごめん、奈々穂っていうのは私の妹。ひとつ下の妹なんだけど、ナンコーで陸上やってるんだ」

「妹さんか。いいかもね」

クラスで仲がいい女子や友人よりも家族のほうが、霧島の行動に詳しいはず。

ちなみにナンコーとは、進学校の坂江南《さかえみなみ》高校のことだ。陸上の強豪校でもあり、その名前はよく耳にする。妹まで頭が良くてさらに運動神経も抜群なんて、なんという最強の姉妹だろうか。

「どうする？　これから一緒にナンコー行く？　それとも明日にする？」

「いきなり行って色々聞いてもわけがわからないだろうし、部活やってるなら迷惑だろ。新聞部の取材で……そうだな、霧島野々葉の私生活に密着した記事を書くって理由で、明日の部活の後に話を聞かせてくれって伝えておいてよ」

「え、秀俊くん、私の私生活に密着するの？」

霧島はなぜか嬉しそうだ。

「いや、だからそういう話をでっちあげて取材するんだよ。いきなり『お姉さんが記憶喰いに記憶を食べられたらしいんだけど』って言っても混乱するだけだろ」

色々と質問する中で、霧島の行動で不審に思った点を聞いていくのだ。

ウソをつくことに少々罪悪感はあるが、「記事のためならば話をでっちあげるべし」と河原崎も言っていたので、問題あるまい。

「確かにそうだね……よし、だったらとりあえず秀俊くんの携帯番号教えて？」

「は？　なんで？」

「だって、これから色々と連絡取り合う必要あるでしょ？」

そう言って霧島は、持っていたカジュアルなバッグからスマホを取り出した。型が古い、昔のスマホだ。かなり使い込まれていて、結構ボロボロだった。

学校で会うのだから交換する必要はないだろうと言いかけたが、今が夏休みなのを思い出して、仕方なくポケットからスマホを取り出した。

「お前に番号教えるの、なんだかすっごいためらっちゃうんだけど」

「へ？　どして？」

きょとんとした表情で、霧島は慣れた手つきで教えた番号を打ち込む。説明してもわかってくれなさそうだったので、話を霧島のスマホに移すことにした。

「そのスマホ、結構古いやつだよな？　ずっと使ってるの？」

「うん。使うのってメールと電話だけだし、機種変更したら連絡先とか移すの面倒じゃない？」

「今はクラウドに連絡先とか保存されるからすげえ楽だぞ。ずっと残ったままになる」

「ウソ？　じゃあ、もしかして昔の友達とかの番号、持ってたりするの？」

それがとても衝撃的だったのか、霧島は目を丸くした。

どうやら霧島は、クラウドサービスについて知らなかったらしい。作業の必要なく連絡先を簡単に引き継げるというのは、魔法のように思えるのだろう。実際、俺もそうだった。

「そりゃあもちろん……って言いたいところなんだけど、実は一回消えちゃったんだよな」

「え……そのクラウドっていうのに、お願いしてたのに？」

「えーっと、まあ、そうだな。クラウドもうっかりしていたらしくてな」

「それは、とても残念だね」

「う、うむ」

　なぜか胸がチクリと痛む。

　何を隠そう、つい先日機種変更したときにはじめてクラウドとやらを使ったのだが、連絡先をすべて消してしまうという失態を犯したのだ。どうやら長い間使っていた古い機種の連絡先を一旦クラウドと同期する必要があったらしく、「現代人としてありえないくらいの初歩的なミスだね」と香に散々笑われた。ちなみに、クラウドがなんなのかは、今でもわからない。

「とりあえず着信入れとくから、クラウドに消されないようにちゃんと登録しといてね。あ、下の名前がいいかな。私は『秀俊くん♡』で入れとくからさ」

「……あのさ、そういう勘違いされそうな名前で入れないほうがいいと思うんだよな」

「大丈夫。黙って携帯見るの、奈々穂くらいしかいないから」

「黙って姉の携帯を見るのはおかしいし、それを知っててそんな名前で入れる霧島もおかしいだろ！」

「あはは」

霧島が楽しそうにけらけら笑う。

本当にハート付きで登録しているのか気になったが、無理やりスマホを奪い取って確かめる勇気もないので諦めることにした。

かわりに俺のスマホには、誰から見られても勘違いされないような名前で入れることにした。

生意気うんこ野々葉（馴れ馴れしい）。

要望どおり下の名前で入れてやったのだから、文句はあるまい。

＊

坂江市は長崎県の北部にある都市で、非県都としては規模が大きい。国から中核市の指定を受けているため坂江駅周辺は再開発が進んでいて、近々巨大なショッピングモールもできるらしい。

だが人が集まっているのは市の中心地だけで、俺が住む駿河町や霧島の妹が通っている坂江南高校周辺は、はっきり言って「ド」が付くほどの田舎だ。その証拠に、坂江南高校に一番近い日賀駅《ひがえき》はいまだに無人の駅で、自動改札機すら設置されていない。学生はバスで通学していて、駅の利用者がとてつもなく少ないのだ。

霧島からそんな無人の日賀駅で待ち合わせようと電話があったのは昨日の夜だった。メールでもいいのにと思ったが、どうやら霧島は言葉で伝えないとダメなタチらしい。

霧島の妹が部活を終える夕方前に集合。そこから徒歩で学校まで行く。日賀駅前には待ち合わせができるような場所はないので、ちゃんと合流できるか少し心配だったが、特に問題なく霧島と会うことができた。

到着してから霧島が現れるまで、改札口から出てきた乗客は彼女だけだったからだ。

霧島の服装は昨日とは違って、落ち着いたワンピース姿だった。彼女の性格を知らない人間が見たら、どこぞのお嬢様だと勘違いしてしまうだろう。服装ひとつでこうも雰《ふん》囲気《いき》が変わるなんて、女性とは恐ろしいものだ。

などと考えながら坂江南高校に向かいはじめた矢先、予想していなかったことが起きた。

「ねえ秀俊くん、ちょっと休憩しない？」

大通りに出てすぐに霧島は休憩を要求してきた。左膝に爆弾を抱えている俺でさえもまだ余裕だというのに、どれだけ体力がないのかと呆《あき》れてしまった。

「合流してまだ五分もたってないけど、もしかして霧島って運動音痴《おんち》？」

「音痴《おんち》じゃない。けど、今日はちょっと貧血ぎみでさ」

「え、マジで？　大丈夫か？」

霧島の顔を見ると、少し青ざめているように思えた。

改札口から出てきたときに雰囲気《ふんいき》が違うと感じたのは、顔色が悪かったからなのかもしれない。女性の半数は鉄欠乏の貧血だと何かで見た記憶がある。まさか霧島がそうだったとは思わなかった。

「少し休んだら元気になると思うんだ」

「じゃあ、あそこでちょっと休むか」

数メートル先にコンビニの看板が見えた。コンビニだったら冷房もきいているだろうし、飲み物も売っている。休憩するにはもってこいだろう。

「う～、ありがとう。待ち合わせ早々に、ごめんね」

「まあ、気にするな。妹さんとの待ち合わせまで時間はあるし、俺もちょうど小腹が空《す》いてきてたからな」

「えへへ、実は私もなんだ」

少し恥ずかしそうに霧島が笑う。

「念のため聞くけど、単純に腹が減ってるだけとか言わないよな？」

「朝ごはんは食べたんだけど、お昼はまだなんだよね」

「お昼はまだって、もう夕方近くだぞ？」

「これから秀俊くんと一緒に奈々穂に会いに行くって思ったら、胸がいっぱいになっちゃってさ」

「よし、冗談言う元気があるなら、先を急ぐか」

「むあ、それは無理ですっ！」

そんな冗談をはさみつつ、コンビニのドアをくぐった。

冷房がきいたコンビニに入った瞬間、一気に汗が引いていった。

夏場の冷房は空気の香りも変えてしまう。夏の香りと言えば、雨が降ったときのアスファルトの香りと、土の香り、そしてキンと冷えた冷房の香りだろう。

「イートインコーナーがあるコンビニをチョイスするなんて、秀俊くん、できるマンだね」

「じゃあ、ついでにできるマン様が何か飲み物を買ってきてやるよ」

「お、優しい!」

「奢りじゃないけどな」

「それは、優しくない!」

 ぱっと花が咲いたように、霧島の表情が明るくなった。つられて一瞬頬が緩んでしまったことに気がつき、咳払《せきばら》いでなんとかごまかした。

「何がいい？　果実系？　炭酸系？」

「ん～、渋いお茶かな」

「え、お茶？　なんか似合わないな」

そう言った矢先、霧島が昨日「和菓子が好き」と話していたことを思い出した。もしかすると、日本風なものが全般的に好きなのだろうか。

「そう？　でも、中学時代から好きだよ、渋茶」

「中学時代ねえ。同じクラスだったけど、霧島のことあんまり覚えてないや」

「それはひどいね。見損なったよ」

「大丈夫。霧島だけじゃなくて、他のクラスメイトのこともよく覚えてないから」

「あれ、もしかして秀俊くんって、おじいちゃんなのかな？」

「強く否定はできないな」

当たり前だがそんなわけはない。覚えていないのは、中学の三年間が、陸上部と小中学生を対象にした陸上スクールをはしごするほど、陸上まみれだったからだ。

あの頃は遊ぶことよりも走りたくてしかたがなかった。クラスで休みがちだった子の家に学校のプリントを届けるという名目で、隣町までランニングしたりもしていた。

その相手が誰だったのかはよく覚えていないけれど、すごく喜んでくれたのはおぼろげに記憶がある。感謝されるのが照れくさくて、「トレーニングのためだ」と強がったが、悪い気分ではなかった。

俺は走るのが好きだった。

オリンピックメダリストの陸上選手がインタビューで「中学時代は三度の飯よりも走ることが好きだった」という話をしていて、自分と同じだと嬉しくなったことを覚えている。

「天才とは、秀でた能力を持った人間のことではなく、好きで好きでたまらないと思う心を持った者のことだ」とその選手は語っていた。好きだからこそ、苦しいときでも楽しんでやり続けることができて、能力があるように見えるのはその結果にすぎない。

確かにその通りだと思った。天才を作ることができないのは、死ぬほど好きになることを他人が強制できないからだと俺も思う。

「ちなみに秀俊おじいちゃんは、どんな飲み物が好きなの？」

「そうだな。俺は――」

「あ、待って」

イートインコーナーの椅子に腰掛けながら、霧島は自分の口に人差し指をあてがう。

「秀俊くんの好きな飲み物、当ててみよっか？」

「いいけど、絶対わからないと思うよ」

「ほほう、それは当てがいがありますな」

霧島は重大なヒントを得たと言いたげに、にやりと笑った。

「わからないってことは、あまり知られてないやつってことだよね？」

「さあ、どうだろうねえ」

俺は不敵な笑みを返す。

「当てられたら霧島のお茶、奢《おご》ってやるよ」

「え、ほんとに？　男に二言はない？」

「ないね」

ヒントを与えたところでわかるはずもない。なにせ、俺が好きなフルツインは知る人ぞ知る超マイナー飲料なのだ。中学時代も高校一年のときも飲んでいる陸上仲間はいなかったし、店頭に並んでいる風景など見たこともない。そんな飲み物を霧島が知っているわけがないのだ。

「じゃあ、ずばり言うと……」

霧島はしばし考え、自信満々に言い放った。

「秀俊くんが好きなのは、プロテイン入りのフルーツジュース『フルツイン』だね！」

店内に来店者を知らせる間の抜けた電子音が響き渡った。

一瞬、時が止まったように思えた。

「……え、ウソ、もしかして当たっちゃった？」

「霧島ってさ、本当に物知りだよな」

「おお、マジで⁉　私って凄《すご》い！」

当てられた俺よりも、むしろ霧島のほうが驚いているようだった。

「陸上やってる奈々穂が飲んでるの見たことあるからヤマカンだったんだけど、女のカンって当たるもんだね！」

「あ、そう。フルツインを飲んでるなんて、妹さんにすっごい親近感がわいたよ」

もしかすると、坂江市におけるフルツイン消費のほとんどは、杉山家と霧島家なのかもしれない。

……などとどうでもいいことを考えて、得意げな表情の霧島を見やる。

簡単に当てられるなんて、なんだか霧島に負けた気分だ。当てられたからなんだとい
う話なのだが、妙な敗北感がある。絶対にわかるはずがないと高をくっていたから余
計に。

「えへへ、秀俊くん」

霧島が満面の笑みを覗《のぞ》かせた。

言葉にせずとも霧島が何を言いたいのかわかった。

「もちろん約束通り、奢《おご》るよ」

「ごちそうになります……と、言いたいところなんだけど、帰りに喉が渇《かわ》いていたら
奢《おご》ってもらうことにするよ」

「え？」

どういうことなのかと不思議に思っていたら、霧島が笑顔でコンビニの壁面を指差
した。

その先にあったのは、丸い掛け時計。

「あ」

時計の針は、約束の時間ギリギリをさしていた。

くだらないやりとりをしていたせいで、小腹を満たすどころか、飲み物すら買う前にタイムアップになってしまったらしい。

急いでコンビニを出た瞬間、むっとした熱気と肌に刺さるような日差しが俺たちを出迎えた。

「うわ、暑いな」

「だねえ」

だが、先程よりも陽が傾いているせいか、通り抜ける風はいくらか優しくなっている気がする。

ふと隣を見れば、霧島は何事もなかったかのように歩きはじめていた。

しょうもない時間を費やしたおかげか、顔色はすっかり良くなったようだ。

*

「お姉ちゃん！」

日賀駅から坂江南高校方面に流れる川にそってしばらく歩いた先。ようやく高校の体育館や校舎が見えてきたとき、霧島の名を叫びながら走ってくる女子生徒が姿を現した。

正直なところ、驚いた。

なにせ、制服を着た女子高生が、人目もはばからず全力疾走してきたのだから。

部活の邪魔にならないようにと髪の毛は短く切っているようだが、下半身のガードが甘いスカートは中身が見えてしまわないかと心配してしまうほど、わっさわっさと揺れている。

なるほど。あの姉にしてこの妹ありだ。

「お姉ちゃん、本当に来てくれたんだね！」

「あはは、奈々穂、見えちゃう。パンツ見えちゃうから」

奈々穂さんに飛びつかれた霧島は、けらけらと笑いながらもその破廉恥《はれんち》な行動を注意した。

「大丈夫だよ。今日は見えてもいいボクサーパンツだから」

「おお、それは対策完璧だね。さすがは私の妹だ」

そういう問題じゃないだろうと言いたくなったが、はじめて会った相手にいきなり突っ込むのは気が引けるので、心の中だけにとどめておいた。

霧島の妹、奈々穂さんは驚くほど霧島にそっくりだった。

目鼻立ちも整っていて制服から伸びる手足もすらりと長い。違いと言えば、陸上選手らしい陽に焼けた健康そうな肌と、ボーイッシュなショートへアくらいだろう。もしかすると、霧島と同じように、学校では好奇の眼差《まなざ》しを向けられているのかもしれない。

「ん～と」

奈々穂さんは霧島に抱きついたまま、ちらりと俺を見た。

「そのひとが、お姉ちゃんが言ってたクラスメイトの？」

「うん、夏休み明けに出す校内新聞の取材を一緒にしてるんだ」

「ふうん」

奈々穂さんは訝《いぶか》しげな視線を伴わせながら、小さく頭《こうべ》を垂れた。

「はじめまして。霧島奈々穂と言います。姉がお世話になっています」

「は、はじめまして。杉山秀俊です」

「ぷっ、秀俊くん、なんで敬語？」

「う、うるさい」

相手は一年下だというのに、つい敬語になってしまった。綺麗《きれい》な女性というのは、存在だけで他人を服従させてしまう力があるのだと思う。

「杉山？」

と、奈々穂さんは不思議そうな顔をした。

「もしかして、あの杉山先輩ですか？」

「え？」

「二年前の中学陸上の長崎県大会で、四〇〇メートルの大会記録を更新した、あの杉山先輩？」

「……ッ⁉」

ぎょっとしてしまった。まさかここで中学時代の俺の話が出るとは思ってもみなかった。なぜ俺のことを知っているのかと考えて、奈々穂さんは霧島の妹だということを思い出した。

つまり、中学が一緒なのだ。同じ学区で陸上をやっているなら、俺のことを知っていても不思議ではない。

「お姉ちゃん、杉山先輩と同じクラスだったんだ⁉」

「……え、あ、うん。そうかも？」

話についていけていないのか、霧島は困惑顔で俺を見る。

「私、中学二年のときに杉山先輩を見て、あんなふうに走りたいって思ったんです、それで、高校に入ってから陸上部に入って」

どうやら奈々穂さんは、中学県大会で大会記録を更新したときの俺を見ていたらしい。

あの大会は今でも記憶に残っている。なにせ、あの大会がきっかけで眞白学院から特待生の話が来たのだ。

まさか自分の走りが他人の人生に影響を与えていたなんて思ってもみなかった。一年前にこんな話を聞いていたなら、鳥肌ものだったと思う。

だけど、走れなくなった今は、嬉しいどころか辛《つら》いだけだ。

ここで奈々穂さんに「その杉山です」と答えれば、眞白学院での陸上部生活のことをあれこれと聞かれるだろう。そうなったら、事故に遭《あ》って陸上部は辞めたことを話さなければならない。

そんなことは話したくもないし、もし話せば奈々穂さんは残念がる前に気を使うと思う。ひょっとすると、走れなくなった俺に同情するかもしれない。

そんなことをされるくらいならと考えた俺は、彼女にウソをつくことにした。

「えーと、ゴメン。多分人違いだと思う。俺は陸上なんてやってない」

「……え？　陸上の杉山先輩ではない？」

「残念だけど違うね。俺は陸上部じゃなくて新聞部だし」

「あ～、そういえば、お姉ちゃんも新聞部の取材って言ってたね」

「ん？　ん～、そうだね」

霧島はちらちらとこちらを見ながら困ったような表情をしていた。

俺に合わせるか奈々穂さんに本当のことを言うか悩んでいるのだろう。余計なことを言われる前に「黙っていろ」と視線で警告しておいた。

「そっか、違うのか……でも、同じ市に住んでて同じ年代で同姓同名っているもんですかね？」

「さあ、どうだろう」

多分、確率としてはゼロに近いと思う。ウソをつかれていると思うのが普通だ。色々と突っ込まれてボロが出てしまう前に、この話からは離れたほうがいいかもしれない。

そう考えた俺は、話を本題へと向けることにした。

「早速で悪いんだけどさ、霧島さん……だとどっちかわからないか。奈々穂さん、色々と聞きたいから、どこか話ができるところに移動しない？」

「あ、それ、賛成。私、もう溶けちゃいそう」

霧島がワンピースの胸元をつまんでぱたぱたと扇ぎながら、しかめっ面《つら》を覗《のぞ》かせる。

「奈々穂、どこかある？　涼しくて話せるとこ」

「もちろんあるよ。うってつけの場所」

「よし、そこに行こう」

そうして俺たちは奈々穂さんに導かれるまま、その場所に向かうことにした。

だが、どうやらそこまでは少し歩く必要があるようだ。時間がかかるのであればと、向かう道中で奈々穂さんに色々と聞こうと思ったが、逆に俺が質問攻めにされた。

「杉山先輩はお姉ちゃんと付き合ってるんですか？」

「ぶっ」

いきなり直球ストレートの質問を投げつけられた。

やはり妹としては、姉との関係が気になるのだろう。女子高生というのは皆そういう話が大好きなのだなあと思って奈々穂さんを見てみれば、鋭い視線をこちらに向けていた。

姉の恋バナに興味津々《しんしん》という感じには見えない。はっきり言って、ちょっと怖い。

先程の奈々穂さんの飛びつき具合から察するに、ふたりは相当仲がいいのだと思う。彼女の中で突然現れた俺は、大好きな姉を奪おうとしている邪魔者、という立ち位置なのだろう。

「お姉さんとはただのクラスメイトだよ。取材でたまたま協力してもらってるけど、こうやって学校の外で会うのもはじめてなんだ」

正直にすべてを話したが、奈々穂さんの表情は晴れない。

「ほんとにそうなの？　お姉ちゃん？」

「ん？」

話を振られた霧島は指を顎《あご》にあてがい何やら考えはじめ、そして——

「ん〜……どうだろう？」

霧島は変顔で面倒なことを言い放った。

奈々穂さんの表情は見えなかったが、空気が一瞬で張り詰めたのがわかった。

「お、おい、霧島ッ！　疑われるようなことを言うんじゃない！　俺とお前は、ただのクラスメイトだろ！」

「あはは、どうしたの秀俊くん。必死」

霧島はけらけらと笑う。

彼女にとって、それはいつもと同じような他愛《たあい》もない冗談のつもりだったのだと思う。

困惑する俺を見て霧島が笑う。いつもであればそれで終わりだ。

だが、今日はいつもと違った。

この場には、姉が大好きな奈々穂さんがいるのだ。

奈々穂さんは突然「う〜」とうなりながら涙目になって、くるりと踵《きびす》を返してしまった。

まさかと驚いてしまった。だが、俺以上に瞠若《どうじゃく》しているのは霧島だった。

おろおろしているところを見る限り、どうやら霧島は奈々穂さんが泣き出すとは想像もしていなかったらしい。「姉ならわかるだろ」と突っ込みたくなったが、それどころではなかった。

引き返す奈々穂さんを、挙動不審な俺と霧島が追いかけるという変な構図が、しばらく続いた。

そしていよいよ危うい空気になりかけたとき、最後の手段だと言わんばかりに、霧島がとんでもないことを口にした。

「付き合っていないのは、秀俊くんの携帯を見ればわかるから！」

まさに閉口してしまった。

きっと恋人っぽいやりとりをしていない証拠を見せるつもりなのだろうが、なぜ俺の携帯を見せなければならないのか。

見せるなら自分の携帯を見せればいいだろうと思ったが、そういえば霧島の携帯には「秀俊くん♡」などとふざけた名前で番号が登録されていることを思い出した。

あれを見られたら余計にややこしくなるのは明白だ。

ここは円滑《えんかつ》に取材を進めるためにも、俺が犠牲《ぎせい》になるべきなのか。

お願いと手のひらを合わせる霧島を横目に、俺は渋々《しぶしぶ》スマホを奈々穂さんに渡した。

奈々穂さんは隅々まで俺のスマホをチェックし、霧島とそれらしいやり取りが行われていないことと、連絡先に入っていた名前が「生意気うんこ野々葉（馴れ馴れしい）」だったことで、ようやく納得してくれた。

登録名を見た隣の霧島がとても不服そうな顔をしていたのだが、まあ気にする必要はないだろう。

それよりも気になるのは、「秀俊くん♡」という名前で俺の番号を登録している霧島の携帯だ。

時々携帯を奈々穂さんに見られると言っていたが、本当に大丈夫なのだろうか。取材が終われば何が起ころうとかまわないのだけれど、後日一悶着《ひともんちゃく》ありそうな気がしてならない。

そんなふうに霧島姉妹の未来に少々の不安を覚えながら、俺はしばらく歩き続けた。

市道から国道に出てどれくらい歩いただろうか。霧島の貧血のこともあって、そろそろ休憩したほうがいいのではないかと考えはじめたあたりで、ようやく奈々穂さんは足を止めた。

目の前には、車が三台ほど停められる小さな駐車場に、プレハブ小屋かと見間違えてしまう吹きさらしの上屋のみの待合所。俺にも見覚えがある場所だった。

「ここって……日賀駅？」

あろうことか、到着したのは先程霧島と待ち合わせていた日賀駅だった。

「もしかして、話せる場所って、ここ？」

「そうだよ、お姉ちゃん。誰もこないし、あそこのベンチは日陰になってるし、話をするにはうってつけでしょ？」

笑顔でそう言って、奈々穂さんは待合所の色あせたベンチへと腰掛けた。

バリバリの陸上選手である奈々穂さんにとって、日陰になっていればこの暑さは苦にならないのかもしれない。

だが、冷房がきいたカフェあたりを想像していたのか、霧島は明らかに不服そうな表情だ。

正直なところ、俺も冷房がきいた場所が良かった。

だが、今からカフェを探すとなると日が暮れてしまいそうだったので、仕方なくここで奈々穂さんへの取材を始めることにした。

俺が奈々穂さんの隣に座り、いまだに不服そうな霧島が逆側へ。

「それで、杉山先輩はお姉ちゃんの何を知りたいんですか？」

こちらから質問する前に奈々穂さんがそう切り出した。

「実は、お姉さんの私生活についてなんだけど」

「え？　お姉ちゃんの私生活？」

「そう。夏休み明けに発刊される校内新聞で、お姉さんについての記事を書こうと思っていて。家にいるときはどんなふうだとか、毎日お姉さんを見ている中で気になったことを教えてほしい」

「気になったこと、ですか」

腕を組み、なにやら考え出す奈々穂さん。そうしてしばらく沈黙が流れたのち。

「……多分、杉山先輩が思っているとおりだと思いますよ」

難しい表情で、奈々穂さんはそう言った。

「お姉ちゃんは想像通りの規則正しい生活をしてます。夜更かししているところなんて見たことないですし、朝は朝練がある私より早く起きてます。朝ごはんはいつも白米に味噌汁《みそしる》。納豆が好きで、いつも食べてます」

「納豆は健康にいいし、おいしいからね」

と、霧島が合いの手を入れる。

「あ、しいて言うなら、お風呂が長いくらいかなあ」

それを聞いた霧島は、「長くないよ」とでも言いたげに眉根を寄せている。

奈々穂さんの口から出てきた情報は、霧島のファンなら垂涎《すいぜん》ものだろうが、記憶喰いには関係なさそうだった。欲している情報は出てきそうになかったので、こちらから少し突っ込んだ質問をすることにした。

「平日や休日はどんな感じ？　例えば……どこかに頻繁《ひんぱん》に行ってるとか」

「ん～、頻繁《ひんぱん》に」

奈々穂さんは再び腕を組み、考え出す。

「平日は私が帰ってくる時間には必ず家にいますし、休みの日もひとりでどこかに出かけるなんてことはないと思いますよ。特にこれと言って……あっ」

奈々穂さんは何かを思い出したかのように、ぽんと手のひらを叩いた。

「何か思い出した？」

「そうだ。行ってると言えば、ヒトカラに行ってますね」

ヒトカラとは「ひとりカラオケ」のことだ。

そんな趣味があったとは意外だ。もしかして、記憶喰いと関係があるのだろうか。

「カラオケには頻繁《ひんぱん》に行ってるのか？」

「たまに行ってるくらいだよ」

答えたのは、霧島本人だった。

霧島が覚えていないことを聞こうとしているのに、本人が答えても仕方ないだろうと胸中で突っ込みながら、奈々穂さんに回答を促した。

「ん～、時々行ってるのを見かけるって感じですね。お姉ちゃんってすごく歌が下手で、カラオケデートのときに恥ずかしい思いをするから練習してるみたいで」

「……カラオケデート」

歌が下手なことを心配する前に、性格をどうにかしたほうがいいのではないかと思ったが、奈々穂さんの手前、黙っておくことにした。

「あ、これって記事にできそうじゃないですか？」

「いや、まあ、できないこともないけど」

「お姉ちゃんって、そういうところがピュアで可愛《かわい》いと思うんですよね」

確かにとも、違うとも言いづらく、返答に困って霧島を見れば、恥ずかしそうに笑っていた。何を照れているのだと、冷ややかな視線を送ってやった。

それから、奈々穂さんから見た霧島の私生活をあれこれと聞いていったが、特にこれといって記憶喰いに関係していそうな話は出てこなかった。

わかったのは和食が好きなことと、音痴《おんち》でヒトカラに行っていること。髪の毛の手入れには人一倍気を使っていること。

それと、奈々穂さんがとても姉を慕《した》っていることだ。

奈々穂さんが休みの日の霧島の行動に詳しかったのは、一緒に行動することが多いからだった。最近は部活が忙しくて減ったものの、買い物はもちろん、姉妹だけで外食することもあるらしい。

霧島は不審な行動をしていない。

日頃一緒にいる家族の情報だからこそ間違いはないと思う。

「秀俊くん、もう直接聞いちゃおうか」

どうしようかと霧島の顔を見たところ、神妙な面持《おもも》ちでそう言われた。

これ以上遠回しに聞いても埒《らち》が明かないと思ったのだろう。確かにこのままだと何も得られないまま終わってしまう可能性が高い。

「直接聞くって、何をですか？」

「ん～と……奈々穂さん、記憶喰いって知ってる？」

「記憶喰い？　ネットで噂になってる都市伝説のことですか？」

「そう。記憶を食べて消してくれるっていう、怪人」

「まあ、人並みには知っていますけど」

奈々穂さんは「それがどうしたんですか」と言いたげに首をかしげる。

「実は、お姉さんがその記憶喰いに会って記憶を消してもらったっていう噂があってね」

「え、お姉ちゃんが？」

奈々穂さんは俺と霧島を交互に見て、しばらく目をぱちぱちと瞬《またた》かせる。

だが、あまり驚いていないように思えた。

「お姉ちゃんにそんな噂が立つってことは、それらしい兆候《ちょうこう》があったってことですか？」

「いや、特にないんだけど、そんな噂が立つ原因というか、兆候《ちょうこう》が私生活にあるんじゃないかと思って」

「……う～ん、なるほど」

奈々穂さんは入道雲が浮かぶ澄みわたった空を見上げる。

そして、しばらく黙考したのち、真剣な面持《おもも》ちで答えた。

「ちょっと、わからないですね」

「まあ、そうだよな。急にそんなこと言われても……って話だよな」

「いえ、というよりもですね」

奈々穂さんは霧島のほうを見ながら続ける。

「お姉ちゃんが記憶喰いに記憶を消されたなんて絶対ありえないと思いますよ。だって、本当に消されたんだったら、心臓病の発作で倒れたときの記憶がなくなってるはずですもん。その記憶がちらついてしまって、何をするにしても一歩が踏み出せないってよく言っていますし」

奈々穂さんの声に重なるように、警笛《けいてき》が聞こえてきた。

生ぬるい風に乗って、ディーゼルエンジンの音が次第に近づいてくる。

「……ええっと、気のせいかもしれないけど、今、心臓病って言った？」

「あっ」

奈々穂さんはびくりと身をすくめると、指先で口元を押さえて目を泳がせはじめた。その隣に座る霧島を見れば、うなだれるように頭を抱えていた。

「え……お、おい、マジなのか？　霧島？」

「……まあ、それが、マジなんだよねえ」

頭を抱えたまま、霧島は言う。

「実は私、先天性の心臓病を患《わずら》ってたんだ。とは言っても、命に関わるほどのものじゃないし、日常生活にもそんな影響があるものじゃないんだけど。心臓弁膜症……って言ってもよくわからないよね」

霧島はまるでなんでもないことのような口調で説明してくれた。

簡単に言えば、霧島の心臓には障害があって、血液の流れが悪くなっているらしい。

小さい頃に手術をして治療はすでに終わっているのだが、貧血などの症状と一生付き合わないといけないという。医師からは特に問題はないと言われているらしいのだが、旅行をするにしても運動をするにしても、病気のことが頭にちらついて実際に行動をおこせないとのこと。

俺は、またからかわれているのかと思った。

だが、ふたりの表情……特に奈々穂さんの表情を見て、それが冗談ではないことがはっきりとわかった。

そして頭に浮かんだのは、先程休憩しようと言ってきた霧島の姿だった。

貧血の原因はこれだったのだ。霧島は運動音痴《おんち》でもなんでもなく、心臓が悪かったから貧血を起こしていたのだ。

「……う～、その、すまん」

「え、なんで秀俊くんが謝るの？」

「いや、さっき霧島が貧血になりかけてたとき、運動音痴《おんち》なんて言っちゃったからさ」

「ああ、そのことか」

霧島が苦笑いを浮かべる。

「まあ気にしないでよ。激しい運動とかできないから、運動音痴《おんち》っていうのは近からず遠からずってところだから」

「いや、だからって」

「あーあ、こんな空気になるのが嫌だったから、絶対言うなって念を押しておいたんだけどな」

霧島は「この馬鹿」と小さく囁《ささや》きながら、隣の奈々穂さんの横腹を肘《ひじ》でつつく。奈々穂さんはさっきまでの元気が一瞬にしてなくなり、しゅんと小さくなってしまった。

俺は霧島にも奈々穂さんにも、なんと言葉をかければいいのかわからなかった。

俺がそうであるように、霧島も気を使われるのを嫌っているかもしれないと思ったからだ。

だが、俺の頭の中に浮かぶのは、霧島を慰めるような、偽善じみた言葉ばかりだった。

「まあ、とにかくそういうことだからさ」

ベンチから立ち上がり、しなやかに伸びながら霧島はそう言った。

「あ、できれば他言してほしくないかな。学校で知ってるのは一部の先生だけだし」

「黙っておくに決まってるだろ。そんなこと、軽々しく話せるわけない」

「うん、ありがと」

小さく笑う霧島。

そんな彼女を見て、霧島がもう一度記憶喰いに会いたい理由のひとつはそれなのだろうと思った。

何をするにしても、病気の記憶が足かせになっているのであれば、それを消したいと考えて当然だろう。

だが、そう考えてひとつの疑問が浮かび上がった。

霧島が記憶喰いに食べてもらったという記憶のことだ。

「心臓病の発作で倒れた」記憶よりも先に食べてもらったのだから、相当なことだというのは想像できるが、はたして病気以上に辛《つら》い記憶なんてあるのだろうか。

「なんだか微妙な空気になっちゃったね。奈々穂への取材はこれで終わりかな」

霧島はちらりと奈々穂さんを見る。

奈々穂さんはうなだれたままだ。もう何か聞くのは無理だろう。

それに、記憶喰いの件を伝えても有力な情報は出てこなかった。これ以上、奈々穂さんの口から役に立つ情報がもたらされることはないと思う。

振り出しに戻った感じがした。

接点がある奈々穂さんがダメならば、次は誰に取材をすればいいのだろうか。

ふと天を仰《あお》げば、待合所から見える空はいつの間にか茜色《あかねいろ》に染まっていた。先程までの襲いかかるような日差しはなりをひそめ、気だるさを感じる程度にまで落ち着いている。

「あの」

と、奈々穂さんが、まるで喉の奥から絞《しぼ》り出すようにぽつりと切り出した。

「お姉ちゃんが記憶喰いに記憶を食べてもらったっていうのはありえないと思うんですけど……私、記憶喰いを知っているひとなら、心当たりがあります」

申し訳なさそうに俺を見る奈々穂さん。思わず俺は霧島と顔を見合わせてしまった。

「え？　記憶喰いを知る人間？」

それはつまり、霧島と同じように記憶を食べてもらって、かつ食べてもらったことを覚えている人間がいる、ということなのだろうか。

これまで記憶喰いの件を話しても奈々穂さんが平静でいられた理由が、ようやくわかった。

彼女が驚きもせず、かと言って「なんの冗談だ」と鼻で笑わなかったのは、記憶喰いを知っている人間が知り合いにいたからなのだ。

「な、奈々穂さん、そのひとって」

俺は一言一句も聞き逃さないよう、慎重に奈々穂さんに訊《たず》ねた。

奈々穂さんは夕焼け色に染まった瞳を俺へ向けると、静かにその人物の名前を口にした。

＊

木漏れ日が差し込む気持ちがいい午後、俺は大きな池がある公園にいた。

池というよりも、湖といったほうがいいかもしれない。対岸を歩く人たちの姿は豆粒ほどの大きさだし、左右を見ればずっと彼方《かなた》まで水面は続いていた。

静かな湖面に魚がはねた。その魚を狙っているのか、水鳥が何羽か泳いでいるのも見える。

公園なんて久しぶりだ。最後に来たのはいつだっただろう。

夏休みで混んでいるかなと思っていたが、ラッキーなことに、池を一望できるいい場所のベンチを確保できた。

「日頃の行いが良かったからだな」などと思って大きく伸びをしたあと、ふと隣を見れば、見知らぬ女性が座っていた。

一瞬、ぎょっとしてしまった。

いつの間に隣に座ったのだろうと不思議に思ったが、別にいいかと池のほうへ視線を戻した。

しばらくその女性と一緒に、風に揺れる水面をぼんやり眺めていた。

どこか懐かしさがある公園だ。以前来たことがあったかなとしばらく記憶をたどっていき、やはり一度来たことがある場所だと思い出した。

中学の頃、父とトレーニング用のシューズを買いに行ったときに立ち寄った公園だ。買ったシューズをすぐに使いたくて、「池の周りを一周するだけ」だと言って、五周ほどして呆《あき》れられた記憶がある。

そんな懐かしさとともに背中を這《は》い上がってきたのは、得体の知れない心細さだった。

その心細さから逃げ出すようにベンチから立ち上がった俺に、「どうしたの？」と隣にいる女の子は訊《たず》ねてきた。

彼女は笑っていた。屈託なく、無邪気でどこか生意気な笑顔だった。

その笑顔が、霧島の笑顔と重なる。

そういえば霧島はどこに行ったのだろうか。これから記憶喰いについて調べなくてはならないのに。

もしかすると霧島は死んでしまったのではないか、という不安に苛《さいな》まれた。

なにせ、彼女は心臓に病を抱えていたのだ。

「だから、気にする必要ないって言ったでしょ」

いつの間にか、女性のかわりにベンチに座っていた霧島がそう言った。

「でも、もう一回記憶喰いに会ったら、その記憶も食べてもらうつもりなんだけどね」

霧島は記憶喰いに会って、記憶を食べてもらった。

かつて心臓病の発作で倒れたという記憶ではなく、まったく別のものを。

俺は改めて疑問に思った。病よりも重い後悔とは、なんなのだろうか。

「それはね、秀俊くん」

霧島は言う。

「秀俊くんとの思い出なんだ」

モンブランで霧島から聞いたセリフだった。

それはありえないだろう、と改めて思う。

もしそうだとしても、記憶を食べてもらった霧島が覚えているはずがないのだ。

「もし私がウソをついていたら?」

霧島は笑顔で、こちらの反応を楽しむように首をかしげる。

なぜウソをつく必要がある。そう聞こうと思ったが、うまく言葉にできなかった。

そういえば、先程から声が出せない。

一体どうしたというのか。夏の暑さのせいで、頭がおかしくなってきたのだろうか。

「秀俊くん」

霧島が俺の背後を指差した。そちらを見れば、公園の中だというのに白い車が猛スピードで近づいてきていた。

ベンチに視線を戻すと、霧島は笑顔で俺を見ていた。

木漏れ日が落ちる霧島の姿は、とても綺麗《きれい》だった。

＊

「秀俊くん」

ぼんやりした霞《かすみ》の向こうに、俺の名を呼ぶ霧島の顔が見えた。

「……あれ」

背後から近づいてきていたあの白い車はどうなったのだと訊《たず》ねかけて、今いる場所があの公園ではないことに気がつく。

吊り革に座席。次の停留所を告げるアナウンスが流れている。

たまに利用している市営バスの車内だ。どうやら俺は、バスの中で居眠りをしていたらしい。

思えばバスに乗る前に「目的地まで四〇分くらいかかる」と霧島に言われて、結構かかるんだなと返したような気がする。

多分、その後すぐに眠ってしまったのだろう。

今どのくらいかなと思って窓の外を見れば、見たこともないのどかな田園風景が広がっていた。

「降りるの次だよ」

「あ、もう着くのか」

「秀俊くん、だいぶ寝てたね。もしかして昨日夜更かししたとか？」

「ん～、夜更かしってほどじゃないけど、記憶喰いについて色々調べてたからな」

「へえ」

バスが停車し、ブザー音とともにドアが開いた。席を立ったのは俺と霧島だけ……というより、乗客はふたりだけだった。

乗車料金を運賃箱へ入れてバスを降りた途端、溶けてしまいそうな蒸し暑い熱気とうるさい蝉《せみ》の声が飛びかかってきた。

思わず顔をしかめてしまう。こっちのほうはいくらか涼しいと思っていたが、考えが甘かった。唯一救いだったのは、風が少し冷たかったことだろう。多分、水を張っている田んぼのおかげだ。

「声かけてもしばらく起きなかったから、相当気合い入れて調べてたんだね」

発車するバスを眺めながら、霧島が言った。

「俺、そんな爆睡してた？」

「うん。爆睡どころか寝言言ってたよ。あ、逆に浅い眠りだったってことかな」

「え。寝言って、俺が？」

「そう。私の肩に寄りかかって、誰かさんの名前呼んでたよ」

「ぶっ」

思わず吹き出してしまった。

霧島の肩に寄りかかっていたというのも相当だが、寝言で名前を呼んでいたというのは、恥ずかしいどころの話ではない。なにせ、夢の中に現れたのは――ほかならぬ霧島なのだ。

「ん？　なんでそんなに焦《あせ》ってるの？」

おそるおそる霧島を見れば、にやけ顔でこちらを見ていた。

「べ、別に焦《あせ》ってるわけじゃない……けど、なんというか、変なひとの名前を口走ってたんじゃないかと思ってさ」

「へえ。心当たりがあるんだ？　そのひとの夢を見てたとか？」

「な、何を言ってるんだお前は。そ、そんなわけあるか」

激しく棒読みになってしまった。猛暑のせいではない嫌な汗が背中を伝う。

「まあ、寝言言ってたっていうのは冗談だけど」

「ウソなのかよっ！」

「でも私に寄りかかってきてたってのは、ホントだよ」

「……っ」

怒りと恥ずかしさでどうにかなってしまいそうだった。

寝言は言っていなかったとしても、霧島の肩に寄りかかってしまうなんて、人生最大の失態だ。

夢の中に霧島が出てきたのもそれのせいに違いない。

記憶喰いに会えたなら、この記憶も消してもらわなければならないと真剣に考える。

「ねえ、秀俊くん。冗談はこれくらいにして先を急がない？」

「冗談を言ってるのは霧島だけだし、変なことを言って足止めしてるのも霧島だろ！」

「あはは」

霧島はフリンジハットの陰から楽しそうに笑顔を覗《のぞ》かせ、「こっちだよ」と歩きはじめた。

しばらくその場に留まり霧島の背中を睨《にら》みつけていたが、これから向かう場所には霧島と一緒に行く必要があるため、仕方なく彼女の後を追った。

この場所に憎たらしい霧島と来たのは、もちろん夏休みの思い出を作るためではない。

一昨日、奈々穂さんが口にした「記憶喰いを知る」人物に会うためだ。

その人物というのは、奈々穂さんの母方の祖母、千代《ちよ》さんだった。

聞けば奈々穂さんは、ずっと昔に千代さんから記憶喰いについて話を聞いたことがあったそうだ。

自分の祖母が記憶喰いを知っていることに、霧島も驚いていた。

千代さんの家には小学生時代に家族でよく行っていたらしいのだが、霧島は記憶喰いの話を一度も聞いたことがないという。

なぜ奈々穂さんだけそのことを知っているのかと、俺も疑問に思った。

家族で祖母の家に行っていたのなら、奈々穂さんだけではなく、霧島も耳にしているはずなのだ。

それに、話を聞いたのが相当昔のことだとするなら、奈々穂さんの聞き間違いの可能性もある。

はっきり言って、情報の信憑性《しんぴょうせい》としては低いと思った。

だが俺は、霧島と彼女の祖母の家を訪ねることにした。記憶喰いにつながる可能性は、今のところ千代さんにしかなかったからだ。

「一応聞いておくけど、大丈夫なわけ？」

隣を歩く霧島に、俺は何気《なにげ》なく訊《たず》ねた。

「ん？　大丈夫って、何が？」

「いや、その……結構遠出だしさ」

遠回しに心臓のことを伝える。

同じ市内だとはいえ、バスで四〇分は近い距離ではない。それに、この暑さは俺ですら応《こた》えるほどなのだ。

「へえ、秀俊くん、心配してくれてるんだ？」

「心配というより、急に倒れられたりしたら俺が困るだろ」

「ふうん」

目を細める霧島。

「まあ、大丈夫だよ。激しい運動とかしなければ平気」

「そうか。ならいいんだけど」

「でも、いざというときは、背負ってくれるよね？」

「え？　いや、まあ、いざというときは、そうしなくもないけど」

「……あっ、早速もうやばいかも」

と、霧島はここぞとばかりに頭を押さえる。

一瞬本当に貧血になったのかと不安になったが、こんなに都合よく起こるわけがないと思ってしばらく見ていたところ、案の定霧島はぺろりと舌を出した。

「おかしいなあ。秀俊くんはすぐに助けてくれる優しい紳士マンだと思ったんだけどなあ」

「無茶言うな。ケーキバカ食いする霧島を背負ったら、左足の爆弾が爆発してしまうだろ。助けるのは本当にいざというときだけだ」

「あ。それ、セクハラ発言だよ」

「なんでだよ！　これがセクハラなら、お前のはモラハラだ！」

などとくだらない会話を交わしつつ、俺たちは千代さんが住む家へと向かった。

と言っても、歩道脇に広がる水田を望みながらひたすら歩くだけだが。

途中、鍬《くわ》や草かき、一輪車といった土農具が載った軽トラックが止まっているのを見かけたくらいで、周囲に民家はなく、ひたすら田園風景が続いている。代わり映えしない田園風景が続くのはかまわないのだが、少し心配なのは俺の左膝だった。

霧島と同じように、俺も激しい運動ができない体なのだ。

走ることはもちろん、長時間歩き続ければ膝の痛みで動けなくなってしまうこともある。

夏晴れの空を見上げ、今日が晴れで良かったと思った。雨の日は、歩いていなくてもうずくような痛みが走るときがあるのだ。

「秀俊くんこそ、大丈夫？」

「……え？」

ふと隣を見れば、霧島が心配そうな表情でこちらを見ていた。

「その膝。長時間歩くのキツイでしょ？」

「全然。まったく問題ない」

と言いつつも、少し辛《つら》くなってきているのは事実だった。雨の日や冬ほどではないが、左足に違和感が出はじめている。

「でもさ、だいぶ歩いたから、少し休憩しない？」

「いや、休憩しようって……周りにはなんにもないじゃん」

「あるよ。ほら、あれ」

霧島は俺の前方にある小さな小屋らしきものを指差した。

「……なんだあれ？」

「無人の野菜販売所だよ」

霧島はさらりと言った。無人の野菜販売所というのは、田舎で見かける野菜とお金を入れる貯金箱のようなものが置いてある〝あれ〟のことだ。

昔は坂江市にも結構あったらしいのだが、盗難被害が相次いで姿を消しつつあるとネットで見た。

霧島曰《いわ》く、ここにはコンビニなんて便利なものはないが、休憩所になる無人の野菜販売所が点在しているとのこと。野菜を売っている小屋で休憩できるのかと思ったが、販売所を覗《のぞ》いてみると、その理由がわかった。

そばを流れる小川で、冷やした飲み物を売っていたのだ。

なんというフリーダムさだろう。それを知っていた霧島は、はじめから無人の野菜販売所を経由して祖母の家に向かうつもりだったという。

だったら、最初に言えよと突っ込みたかったが、楽しそうに野菜販売所での思い出を語りはじめたので、心の中にとどめてやることにした。

「無人の野菜販売所で売ってる野菜って、新鮮で安いものが多いんだけど、おばあちゃんの家に行ったときは必ずお母さんが『買いだめしておく』なんて言って、ハシゴしてたんだよ。買いすぎていつもスーパーで買うよりもお金かかっちゃうの」

「それは、なんというか、豪快なお母さんだな」

さすがに母親を悪く言えないので、オブラートに包んでおいた。

頻繁《ひんぱん》に千代さんの家に行っていたという霧島は、もしかするとおばあちゃん子だったのかもしれない。和食が好きで、渋茶が好きなのも、千代さんの影響なのだろう。

無人の野菜販売所を三箇所ほど経由したあたりで田園風景が消えて、次第に民家が増えてきた。そして民家が立ち並ぶ中を歩き、古い橋を渡った先に、どこか懐かしさを感じる駄菓子屋が見えた。

「あれが千代ばあちゃんの家だよ」

その駄菓子屋を指差しながら霧島が言う。

色あせた看板に「駄菓子屋西園寺《さいおんじ》」の文字が見えた。千代さんは母方の祖母だと言っていたので、西園寺というのが母親の旧姓なのだろう。

店先には小さい頃に見た記憶がある駄菓子が山のようにあった。

赤い蓋の容器に入ったイカの駄菓子や、麩菓子《ふがし》、棒状のチョコ菓子に、これは見たことがなかったが、緑のキャップがついた変な飲み物もあった。

「いらっしゃい」

懐かしさを感じつつお店の中を回遊していたところ、小さなレジが置かれた座敷から老婦が顔を覗《のぞ》かせた。穏やかで優しそうなひとだ。その姿を見た途端、霧島が駆け出した。

「千代ばあちゃん！」

「あら、野々葉ちゃんかい。こりゃあ大きくなったねえ、誰だかわからなかったよ」

「おばあちゃんは、変わらないね！」

そう言って霧島は千代さんに抱きつく。

奈々穂さんと言い、霧島家の女子はスキンシップが大好きなのだろうか。

「正則《まさのり》さんから連絡があったけど、全然来ないから心配してたよ」

「う～、ゴメンね。休みながら来たから時間がかかっちゃった」

「急に暑くなってきたからね。体は大丈夫かい？」

「うん平気。おばあちゃんも元気そうでよかった」

「まあ、それだけが取り柄《え》だからね」

のんびりした口調で千代さんは笑う。

年齢のせいもあるだろうが、千代さんは霧島と血がつながっているのかと疑ってしまうほどおっとりしている。霧島の母親も同じような感じなのだろうか。もしかすると、霧島の快活な性格は父親譲りなのかもしれない。

「それで野々葉ちゃん、そちらの方は？」

千代さんは笑顔を俺へ向けた。

「あ、ええと、同じ高校の杉山くん」

「へえ、同じ高校の」

「あ、はじめまして。杉山秀俊です」

「秀俊さんね。いい名前」

「うん、そうなんだよねえ」

と、答えたのは霧島だ。

「スギヤマヒデトシって音感もいいけど、口を開けたままフルネームが言えるところが、またいいよね」

「開けたまま？」

口を開けたまま発音できるひらがながあるという話は聞いたことがあるが、俺の名前がそうだとは知らなかった。これはネタとして使えるかもしれないと思って、試しに発音してみたが――

「……ぜんっぜん言えないじゃないか」

フルネームどころか、名字の段階でだめだった。

「あれ、そうだっけ？　……あ、ほんとだ。これは新たな発見だね」

「お前なあ。思いつきで適当なこと言うなよ」

「大丈夫。腹話術練習したら、行けるよ」

「そんなくだらないことのために、腹話術の練習なんかしたくない」

こんなところまで来て何を言っているんだと、頭が重くなってしまった。千代さんも呆《あき》れているだろうと思って見てみると、なぜか楽しそうに笑っていた。

「ふふふ。ふたりは仲がいいのね。まあ、お上がりなさい」

ひどく勘違いされてしまったような気がしたが、慌てて否定すれば墓穴を掘る可能性があったので、おとなしくお邪魔することにした。

レジの横からさらに奥に進むと、居住スペースへとつながっている玄関があった。

木目調の立派な上がり框《かまち》に沓《くつ》脱ぎ石。年季を感じさせる作りの玄関だが、古びているというより味があるという表現がぴったりだ。

そんな玄関にどこか懐かしさを感じてふと上を見上げれば、天井に大きな蜂《はち》の巣があった。

「う、うわっ」

思わず飛び退《の》いてしまった。

よくわからないが、大きさからして多分スズメバチの巣なのだと思う。

「ん？　どしたの？」

「いや、天井にでかい蜂《はち》の巣が」

「ああ、あれ、空《から》の巣だよ」

「か、空《から》の巣？　なんで玄関に？」

霧島は特に気にする様子もなく、靴を脱ぎながら答える。

「縁起物だよ。家内安全、商売繁盛。びっくりして泥棒も入るのを躊躇《ちゅうちょ》する優《すぐ》れものなんだ」

「確かにこんなデカい巣があったら、泥棒もビビるな」

「子孫繁栄とか、長生きするなんて意味もあるんだけど、西園寺家ではそっちの意味合いで玄関に置いておくことが多いんだ」

「へえ、そうなんだ。なんで？」

「……さあ。なんでだろ」

一瞬、霧島の顔が曇ったように見えた。だが、どうやら気のせいだったみたいで、霧島はいつもの無邪気な笑顔で「早く上がろうよ」と俺に催促した。

千代さんと会ったからか、霧島はいつもより楽しそうだった。先程の千代さんの反応を見る限り、ここに来るのは随分と久しぶりなのだろう。

祖母との再会に関係ない俺が関与していいのかと思ったが、懐かしさを噛みしめるように感嘆の声をもらす霧島を見ていると、そんな心配はすぐに消えていった。

「あ、懐かしい！　ほら見て秀俊くん、古賀《こが》人形！」

玄関を上がってすぐのところに、木製のケースに入った人形がいくつかあった。

鮮やかな服を着た西洋婦人の陶器人形だ。素朴な造形で、どこか懐かしい感じがする。

「へえ、古賀人形っていうのか。なんか長崎っぽい雰囲気《ふんいき》がするな」

「……え。長崎っぽいって、秀俊くん。古賀人形は長崎の郷土玩具だよ？」

「え、マジで？　長崎にそんなものあったのか」

「京都の伏見《ふしみ》人形、仙台の堤《つつみ》人形、福岡の博多《はかた》人形とあわせて四大土人形って言われてるんだけど……本当に知らないの？」

冷ややかな目で俺を見る霧島。知らないのは非国民だと言いたげだが、長崎愛がそれほどない俺は、名前すら聞いたことがない。そう説明したところ、霧島は古賀人形の素晴らしさをこんこんと語りはじめ、俺は辟易《へきえき》しながら千代さんが向かった家の奥へと足を進めた。

そうしてたどりついたのは、生活感溢《あふ》れる居間だった。畳張りの座敷で千代さんが作ったものなのか、手芸品がいくつか並べられていた。

「野々葉ちゃん、ここに来るのは何年ぶりだったかね？」

お茶を運んできた千代さんが座布団に座りつつ霧島に訊《たず》ねた。

「ん～と、三、四年ぶりくらいかな」

「はあ、もうそんなにたつのかい。中学校に入ってから、こっちに来なくなったからねえ」

「そうだっけ？」

「ええ。確か前にもらった手紙に中学校の同じクラスに好きな人ができたとかなんとかって書いてて」

「……ッ!?　ちょ、ちょっとおばあちゃん！」

顔を真赤に火照《ほて》らせて、霧島が止めに入った。

だが、千代さんは気にする様子もなく続ける。

「あのひとはなんという名前だったかねえ？」

「わ、忘れたよ、そんなひと」

唇を尖《とが》らせ、霧島は恨《うら》めしそうに千代さんを睨《にら》みつける。

霧島がこれほどうろたえる姿ははじめて見る。中学時代なんてそれほど昔のことでもないし、忘れたなんて言うのは照れ隠しなのか。

恥ずかしがるなんて、霧島も女性らしいところがあるのだなあと思いつつ、その相手のことが少し気になった。

中学で霧島と同じクラスだったということは、俺とも同じクラスだったということだ。反応を見る限り、ただの友達ではなく、友達以上の関係だったのかもしれない。

俺が知らないだけで、もしかすると今も関係が続いているのだろうかと考えて、何かもやもやとしたものが胸中に渦巻いていることに気がついた。

「おばあちゃんとこに来なくなったのはそんな理由じゃなくて、お母さんのことがあったからだよ」

「……ああ、そうだね」

千代さんの空気が変わったような気がした。多分、霧島が言った「お母さんのこと」のせいだとは思うが、一体なんなのだろう。

「すみませ～ん」

と、お店のほうから子供の声が聞こえた。千代さんは「ちょっとごめんね」と言い残して、そちらへ消えていった。

途端に変な沈黙が下りる。気まずさを呑《の》み込むために千代さんが出してくれたお茶に口をつけた瞬間、大きい柱時計が静かに三回鳴った。

「あのね」

と、霧島がコップを指で転がしながら、ぽつりとつぶやいた。

「私のお母さん、いないんだよね」

柱時計の音の余韻《よいん》がまだ残る中、霧島の声が広がっていく。

その口調があまりにもあっさりとしていたからなのか、霧島が言わんとしていることがすぐに推《お》し量れなかった。

「ええと……いないってのは、仕事で家を留守にしがちってこと？」

「ううん。まあ、平たく言えば……死んじゃったんだ」

「え」

息を呑《の》んでしまった。

霧島は本当に驚くようなことを平然と言う。それは、ここ数日でわかったことのひとつだ。

記憶喰いのことにはじまり、心臓の病気のこと。そして、極めつけは――母親のこと。なんと声をかけていいかわからなかった。しばし呆気《あっけ》にとられて何も言えないでいたら、霧島はこちらの心情を察してか、再び口を開いた。

「死んじゃったのは一年と少し前くらいかな。お母さん、私と一緒でもともと体が弱かったんだ」

霧島はモンブランで「記憶喰いに消してもらいたい過去がたくさんある」と言った。その記憶を食べ残されてしまったせいで、記憶喰いを探しているのだと。

そんなことあるわけないと思っていた。消して欲しい人生の出来事なんて、あってひとつくらいだろうと高をくくっていた。

霧島がいつも笑顔で無邪気だった理由がわかったような気がした。

霧島は俺以上の壮絶な人生を送っていた。だからこそ、うざいほどに無邪気で、元気で、いつも笑顔だったのかもしれない。

弱い自分を周りに見せないように。

周囲が「可哀そう」と自分に同情しないように。

瞬間、霧島のイメージががらりと変わった。考え方ひとつで、愚行とも言える彼女の行動は、眩《まぶ》しいほどの魅力に一変してしまった。

「な、なあ、霧島」

俺は思わずその質問を口にした。

「お前が記憶喰いに食べてもらった記憶って、なんなんだ?」

それを、霧島が覚えているわけはない。

だが、もし何かの理由で覚えているのなら、俺はそれが知りたかった。

病気でも母親の死でもなく、霧島が最初に記憶喰いに食べてもらったもの。

彼女が歩んできた人生を、俺は知りたかった。

「それは」

霧島がコップを握りしめたまま、俺の顔を見た。

彼女の瞳にはいつもの無邪気さはなく、今すぐにでも消えてしまいそうな、夏の陽炎《かげろう》のような儚《はかな》さがあった。

そして、霧島が何かを言いかけたとき――

「これはまた、久しぶりに聞く名前だね」

おっとりした声が、静かな居間に流れた。

振り向けば、店から戻ってきた千代さんが立っていた。

「その名前を聞くのは何年ぶりだろうかね」

「……やっぱり、記憶喰いのこと知っているんですか？」

「ええ。いつだったか不思議な事件が起きたことがあってね。噂が流れたんだよ」

「記憶喰いの……噂？」

千代さんは首をかしげる俺の横を抜けて、居間の奥……手芸品が飾られている箪笥《たんす》のほうへと歩いていく。

「どこだったかしらねえ」

千代さんは箪笥《たんす》の引き出しの中から何かを探しはじめた。一番上の引き出しを開けて、二段目、三段目と続き、一番下の引き出しを開けたとき――

「ああ、あったあった」

探していたものが見つかったのか、千代さんはそれを持って俺たちのほうに戻ってきた。

「おばあちゃん、これって」

「写真？」

千代さんがテーブルの上に載せたのは、色あせている古い写真だった。

「これは、私の妹が高校に入学したときに撮った写真だよ。これが私の妹」

千代さんが指差したのは、校門の前でどこか緊張した面持《おもも》ちで笑っている少女だった。髪が長くてどこか霧島に似ている。見覚えがある校門だなと思ったら、先日霧島と行った坂江南高校だった。

「そして、これが卒業のときの写真」

千代さんは別の写真をテーブルの上に載せた。

同じように校門の前で撮った写真だった。

だが、俺はその写真を見た瞬間、奇妙な点に気がついた。

写真に写っていたのは坂江南高校の校門ではなく、俺と霧島が通っている眞白学院だったのだ。

「おばあちゃんの妹って、眞白学院に転校したの？」

「いいや。妹が入学したのは野々葉ちゃんと同じ、眞白学院よ」

「……え？　でも、入学式の写真って、ナンコーだよね？」

もう一度二枚の写真を見比べてみるが、やはり入学式のときの写真は坂江南高校で、卒業式のときの写真は眞白学院だった。

意味がわからなかった。転校したのではないとするなら、なぜ写っている学校が変わっているのだろうか。

「これが当時に起きた不思議な事件なの。こんなふうに、記憶にない写真が出回った」

この現象は、坂江市を中心に起こったと千代さんは言う。香が言っていた「記憶喰いは坂江市に古くから残る怪談だ」という言葉が蘇《よみがえ》る。

「全部、キオウクイが食べたんだ」

「キオウクイ？　ええと……記憶喰《キオク》いの間違いですよね？」

俺は首をかしげてしまった。坂江市に古くから残っている怪談に登場している怪人は記憶を食べる記憶喰いだったはず。

「いいや、間違っていないさ。キオクイじゃななくて、キオウクイ。既往……つまり、過ぎ去った過去を食べるって意味さ」

「記憶喰《キオク》い」ではなく「既往喰《キオウク》い」。

記憶ではなく、過去を食べる怪人。

まさか、と思った。そもそも探している怪人が違っていたのだろうか。

「記憶喰いというのは、既往喰いの伝説が長い年月を経る中で変化して伝わってしまったものだよ。過去と記憶は少し似たところもあるから、そうなってしまったのかもしれないね。でも、坂江市に昔から残っているのは、過去を食べる既往喰いのほうさ」

「過去を食べるって、どういうことなんですか？」

「過去を食べられた人間は、そのできごとが起きなかったことになる。私の妹の件で例えると、坂江南高校に入学したという事実がなくなった」

「えーっと、それってつまり、妹さんが坂江南高校に進学した記憶がなくなっただけでなく、人生が書き換わったということですか？」

辻褄《つじつま》をあわせて、矛盾を生まないために世界が変わる？

「そのとおりだよ。どういう理由で坂江南高校に進学した人生を食べてもらったのかは、わからないけれどね」

坂江南高校に進学した人生が消えて、眞白学院に進学した人生に書き換わった。

記憶喰いについての噂話が少ないのも、そこが関係しているのかもしれない。

既往喰いに人生を食べてもらった場合、本人だけではなく関係しているひとたちの人生も、すべてリセットされる。人生が消えれば、記憶も消える。千代さんが覚えていないのは、妹さんの食べてもらった人生に深く関わっていたからだ。

だが、千代さんの話を聞く限り、人生の一部を食べられても消えないものがある。

この写真のような「物理的に残された情報」だ。

「物理的に？」

と、俺の頭の中で何かがつながりそうになった。

ごく最近、同じような話をどこかで聞いた記憶があったからだ。

「記憶にないものが出回る」という話に似たものだと思うが、どういう話だったか。

物理的に残ったもの。古い写真、手紙、文字、データ。そういえば何かがニュースになっていた。夏休み前に、香に記憶喰いを教えてもらうきっかけになった――

「……ＳＮＳ乗っ取り事件」

瞬間、全身に鳥肌が立った。

数日前、朝のニュースで見た「坂江市の高校生を中心に、集団でＳＮＳが乗っ取られる」という事件。ＳＮＳに書かれたものはデジタルのデータだが、残された情報であることには変わりない。

あれは、リセットしたことによってＳＮＳに書いたことを忘れてしまっているから、「乗っ取られて変な書き込みがされた」と騒いでいたのではないだろうか？

例えば俺が既往喰いに事故に遭《あ》った人生を食べてもらったとして、自分のＳＮＳに陸上競技ができないことを悔やんでいるような書き込みが残っていたら、誰かに乗っ取られたと勘違いしてしまうだろう。

SNS乗っ取り被害者は、既往喰いに会って人生を食べてもらった。

ということは、SNS乗っ取り被害者に取材させてもらえば、既往喰いに会えるかもしれない。

「秀俊くん、何かわかったの?」

俺の顔を覗《のぞ》き込んでいる霧島の顔があった。

霧島は図書室で「記憶を食べてもらった」と言った。

しかし、彼女が食べてもらったのは記憶ではなく人生だった。

記憶と人生は似ているようで大きく違うと思う。記憶に左右されるのは自分自身だけだが、人生は周りの人間にも大きく影響を与えてしまうものだ。

奈々穂さんや両親、それに学校の友人たち。消した人生に少しでも関わっていたならば、彼らの人生も変化することになる。

もしかすると、俺の人生も変わっているのではないだろうか。

中学生の頃、俺と霧島は同じクラスに属しているだけの関係だったが、それでも彼女の人生に関わっていることに違いはないのだ。

「まあね。でも、とりあえず戻ろう。戻ってから説明するよ」

「……え? 戻る? って、来たばっかりなのに?」

霧島が名残惜《なごり》しそうに千代さんの顔を見た。

時計を見れば、ここに来てまだ一時間もたっていなかった。

「私はかまわないよ。野々葉ちゃんの力になれたんなら、これほど嬉しいことはないからね」

「おばあちゃん」

千代さんは霧島の頭を撫《な》でながら「またおいで」と笑った。そして――

「秀俊さん」

「は、はい？」

おもむろに腰をあげ、千代さんは静かに俺の手を取ると、変わらない優しげな表情で続けた。

「どうか野々葉ちゃんを、よろしく頼みますね」

「え？」

その言葉が意味するところがわからなかった。

一体俺に何を頼むというのだろう。

貧血で倒れてしまったときに助けてあげてほしい、ということなのだろうか。もちろんそんな場面に出くわせば助けるだろうし、見捨てることはしない。

俺にできる範囲で、霧島を助けたいとは思う。

だが、千代さんが言っていることは、そういうことではないような気がした。

「……はい、わかりました」

どう答えていいのかわからなかったが、俺は千代さんの手を強く握り返しつつ、そう言った。

千代さんは嬉しそうに、小さく頷《うなず》いた。

千代さんの手はひんやりしていて、とても心地よかった。

第三章　記憶違い

また女の子にキスされる夢を見た。

いつもであれば「ああ、またあんなことやこんなことをするのを忘れていた」などと馬鹿みたいな後悔をするだけで終わるのだが、今日は違った。

夢から覚めても他のことに手が付けられないほど、その夢を引きずってしまっているのだ。

どれくらいかというと、自宅のパソコンの前でぼんやり、画面を見ているのか見ていないのかわからない状態で、母に「魂が抜け落ちてない？」と心配されるほどだ。

そうなってしまった理由は、夢にいくつか変化があったからに他ならない。

まずひとつは、その夢を見る回数が増えたことだ。

千代さんの家に行ったのは一週間ほど前なのだが、それから毎日のように夢にあの女の子が現れるようになった。

そしてふたつめ。どちらかというと、引きずっているのはこっちの理由のほうが大きいと思う。

あろうことか、夢に現れて俺にキスする女の子が、霧島の姿になっているのだ。

「……はあ」

椅子の背もたれに身を預け、天井に向かって重いため息をひとつ。

既往喰いとSNS乗っ取り事件が関係している可能性が出てから、ネットで乗っ取り事件の被害者を調べることになり、霧島と会う回数は減っている。

なのに、どうして夢に霧島が出てくるのか。

もしかすると、減ってきているからこそ、霧島が夢に出てくるのかもしれない。

だったら、霧島に会ってしまえば夢で悩むことはなくなるのかと思ったが、おいそれと会うことなんてできない。今霧島と会ってしまったら……彼女のことを変に意識してしまう自信がある。

「何を意識するんだよ、クソ」

俺はもやもやを払いのけるように頭をがしがしとかきむしり、画面に映っていたアイコンをクリックした。

画面に大きく表示されたのは、これまで取材してきた既往喰いに関するメモ書きだ。

モンブランで霧島に聞いたことから始まり、奈々穂さんや千代さんからもたらされた情報。そこには、霧島についてのメモも入っていた。

霧島は既往喰いに記憶ではなく人生の一部を食べてもらい、食べ残された人生をもう一度食べてもらうために既往喰いを探していた。病を背負い、母親を失ったという人生を歩みながらも、それをおくびにも出さずに、夏の向日葵《ひまわり》のように笑っていた――

メモを見て、改めて霧島のことを考えてしまう。

病気でも母親の死でもない、既往喰いに食べてもらった人生とはなんだったのだろうか。

霧島本人はそのことを覚えていないだろうし、奈々穂さんや霧島の父親に聞いたところで満足のいく回答は得られないと思う。なぜなら、霧島が人生を食べてもらったときに、彼らの人生も変わってしまっているはずだからだ。

先日、もしかするとSNSに何か残っているかもしれないと思って、ネットで霧島の名前を検索してみたが、何もヒットしなかった。以前、SNSはやっていないと話していたが、実は匿名でやっているのかもしれない。ただ、それをつきとめる調査能力など、俺は持ち合わせていない。

何か方法はないかとしばらく考えたが、なんだかストーカーじみたことをしている気がして、やめた。

「あれ、お兄ちゃん？」

リビングに広がったのは妹の香の声だった。

「どうしたの？　家にいるなんて珍しいじゃん」

「……」

背後に立っていた香の姿を見て、俺は絶句してしまった。

「お前なあ、家の中だからって、なんだよその格好」

「文句はママに言ってよ。節電でクーラー禁止とか、ありえない。夏なのに」

アイスを片手にした香が着ているのは「I ♡ horror」と書かれたおどろおどろしいオフショルダーのシャツだけ。

つまり、下半身は下着のまま……それも中学生らしからぬ、ド派手なレースの下着だったのだ。

いろいろとぶっ飛んでいるのは知っていたが、まさか羞恥心《しゅうちしん》までぶっ飛んでいるとは思わなかった。

「お兄ちゃん、今日はどこにも行かないの？」

「特に行く予定はないけど。俺に何か用事があるのか？」

「ん～？　いや、用事があるのはお兄ちゃんじゃなくて、そっち」

香は食べかけのアイスでパソコンを指した。

「パソコン使いたい」

家にあるパソコンはこの一台だけなのだが、ほとんど香の私物と化している。家族の中で香以外に頻繁《ひんぱん》に使っている人間がいないので、そうなっても仕方がないのだけれど。

「別にいいけどさ、そんなに毎日パソコンで何をやってんだ？」

「ブログとか、調べもの」

「ブログ？　お前、ブログやってんのか？」

「やってるよ。パスワードでロックしてるから、あたし以外見られないけど」

「……それ、ブログを書く意味あるのか？」

「あるある。大アリ」

にっしっしと満面の笑みをこぼす香。

よくわからないが、本人があると言っているのだから、きっとあるのだろう。どんなブログを書いているのか少し気になったが、見せてくれるわけはないと諦め、既往喰いのメモをＵＳＢメモリにバックアップして席を譲った。

「あれ、もういいの？」

「まあな。なんか集中できなくてさ」

「この暑さだからね。お兄ちゃんもパンツだけになったら？　意外と涼しいよ」

「ならない」

「だったら、どっか涼しいところに行くべきだね」

香はひょいと両足を上げ、椅子の上で体育座りになる。

お前が外でやれよと言いたかったが、出不精の香が外に行くとは思えない。

さてどうしようかと考え、とりあえず冷蔵庫からフルツインを取り出して自分の部屋に戻ることにした。スマホを使えば、ＳＮＳ乗っ取り事件の被害者を探すくらいのことはできる。

「うわっ……暑っ」

部屋のドアを開けた瞬間、蒸し風呂のような熱気が襲いかかってきた。窓を見ると締め切った状態でカーテンが全開になっていた。

部屋を出るときに窓を開けておくべきだったと後悔しながら、窓を全開にする。

途端に、わっと蝉《せみ》の声がいくらか涼しい風に乗って運ばれてきた。なんだか外のほうが涼しい気がして、気が滅入ってしまう。

香が言うとおり、こんな日にこそどこかに行くべきじゃないかと思いつつ、机の上にフルツインを置いてベッドに倒れこんだ。

スマホのインターネットブラウザを開いて、「SNS乗っ取り事件」で検索。

もう何度も検索しているため、表示された検索結果は、一度アクセスしたことを示す色だらけだ。

既往喰いとSNS乗っ取り事件のつながりを発見して、これはすぐに既往喰いに会うことができるだろうと高をくくっていたが、そう甘くはなかった。

取材しようと思っていたSNS乗っ取り事件の被害者たちは、すでにアカウントを消していたのだ。

調べている最中にそれに気がついて、それはそうかとひとりで納得してしまった。ログイン情報が流出している疑いがあるアカウントをそのまま使う人間などいやしないのだ。

ということで、目下探しているのは「乗っ取られたとわかっていても放置しているようなルーズな人間のアカウント」だった。霧島のほうもそれを探しているはずなのだが、連絡が何もないことを考えると、まだ見つかっていないのだろう。

遮光性の低いレースのカーテンがふわりと躍り、優しい風が部屋に流れこんできた。風がやけに冷たく思えたのは、少し汗をかいているせいだろう。

そういえば、扇風機がどこかにあったことを思い出した。

扇風機があればいくらか涼しくなるかもしれない。

そう思って立ち上がったとき、スマホからメッセージアプリの発言を告げる電子音が放たれた。

『記憶喰いについて渡したい情報があるから、今すぐ学校に来なさい』

スマホの画面に表示されたのはそんな文章だった。発言主を確認しなくても誰からのメッセージなのか一発でわかった。

眞白学院新聞部部長、河原崎あかね。

それにしても、と河原崎のメッセージを見て思う。

まったくもって、今時の女子高生らしくない。

もう少し絵文字やスタンプを使っても罰《ばち》は当たらないだろうに、河原崎は高圧的に話しかけなければ死んでしまう病にでもかかっているのか。

女子高生らしくないと言えば、霧島もそうだ。

霧島から連絡が来るときは電話がほとんどだった。メールでいいのではと訊《たず》ねたところ、電話で話すのが好きなのだと言われた。メールは相手の感情がうまく読み取れないため、苦手らしい。

非常に女子高生らしくないなあと思うが、それがなんとなく彼女らしくもある。

周りに余計な心配をかけないために気丈に明るく振る舞うくらいなのだから、他人の感情には敏感なのだろう。

そんなことを考えて、頬がほころんでいることに気がついた。

慌てて顔をごしごしこすり、その感情を心の奥底へと押しやった。

「……これはもう、病気だな」

再びベッドに寝転び、天井を見上げてつぶやいた。

何を考えていても、最後には霧島のことになってしまう。

既往喰いやマシロタイムズの原稿のことよりも、霧島を考える時間が多くなっていることに笑ってしまった。

俺は心の中でもう一度「病気だ」とつぶやくと、河原崎が待つ学校に向かうことにした。

＊

久しぶりに学校の図書室に来てわかったのだが、ここは隠れ避暑地だ。

どこも混雑しているであろう夏のこの時期に、冷房がきいていて、静かで、さらには無料でパソコンも使えるというのは、まさに天国だ。

図書室には、夏休みの時間を持て余している俺のような生徒が数人いるだけだった。夏休みに学校に来る生徒は部活動をやっている人間だけなのだな、と改めて思わせるほど図書室はがらんとしていた。

「あら、杉山くんじゃない」

図書室に入ってすぐ、「こんなところで会うなんて奇遇ね」と言いたげな河原崎に声をかけられた。

「よう、河原崎。久しぶり」

「どうしたの杉山くん。世間はまだ夏休みだというのに」

「いや、河原崎が呼び出したんだろ」

「ああ、そういえば呼び出したわね。夏休みなのに不真面目な杉山くんが図書室にいるなんて今世紀最大級の衝撃だったから、一瞬忘れてしまったわ。失礼な発言をしてしまったことは素直にあやまります」

「……と言いながら、反省の様子もなく物珍しげな目で俺を見続けるのはやめろ」

河原崎は相変わらずだ。

まあ、夏休みの数週間で人間が変わることはないのだけれど。

「それで、既往喰い……じゃない、記憶喰いについて渡したい情報ってのはなんだよ」

「そうね。とりあえずあっちのテーブルに行きましょう」

そう言って河原崎はいつも新聞部が使っているテーブルを指差した。普段であれば、誰かしら新聞部部員がいるテーブルは見事に誰もいなかった。

「夏休みは誰も来てないのか？」

「そうでもないわよ。三日前と昨日は刈島くんがいたわ」

「え、刈島が？」

そういえば、と刈島のことを思い出した。

刈島とは一緒に取材していることになっているが、個別に動こうという話でまとまっている。俺の案が採用されたからか、刈島から「一緒には取材しない」と言われたのだ。こちらにとっても願ってもないことだったが、さすがに原稿まで別々でというわけにはいかない。夏休みのどこかで一度会って、情報共有と原稿制作の割り振りをする必要があるのだけれど、具体的な日時はまだ決めていなかった。

「刈島はマシロタイムズの件で来たのか？」

「そう。記事の進捗報告をかねて、三日前に貸したブツを返してもらうために」

「ブ、ブツ？　ブツってなんだ？」

裏事情に精通している河原崎に似つかわしい言葉だが、とても危険な香りがする。

「ブッはブッよ。そのブツが記憶喰いに関係しているという情報なのだけれど……」

椅子に腰掛けながら河原崎が答えた。

「ちなみに、杉山くんのほうの進捗はどんな感じなのかしら？」

「進捗って、記憶食い記事の？」

「それ以外何があるというの？　まさか、夏休みの宿題の進捗を気にしてもらえているなんて、自意識過剰なこと思っていないでしょうね？　杉山くんの宿題の進捗は、白熊がみんな左利きだという知識くらいどうでもいい情報よ」

「いや、白熊の利き腕よりはどうでもよくないと思うぞ」

宿題のことを思い出し軽くへこんでしまったが、河原崎が言いたいのは、記事の進捗次第ではブツは見せてくれないということなのだろう。

「原稿はまだ真っ白だけど、とりあえず記憶喰いを知っている人間を数人見つけて話を聞きに行った。記憶喰いが本当は既往喰いという人生を食べる怪人だっていうのがわかって、ＳＮＳ乗っ取り事件と関係している可能性も出てきたから、今はそれを調べてる」

「既往喰い？　ＳＮＳ乗っ取り事件？」

河原崎が目をぱちぱちと瞬《またた》かせた。

「な、なんだよ？」

「……もしかすると、私は杉山くんの能力を過小評価していたのかもしれないわね」

そう言って河原崎はおもむろに、テーブルのそばに置いていたリュックから何かを取り出した。

「なんだそれ？」

「これが刈島くんに頼まれて貸していたブツ。私が全校生徒に行《おこな》ったインタビューのメモよ」

河原崎が取り出したのは、一冊の手帳だった。

そう言えば一年前、まだマシロタイムズが「明晨」という名前だった頃、河原崎は新聞記事のために全校生徒にインタビューをしていた。

「そのメモと既往喰いがどう関係してるんだ？」

「刈島くんも、記憶喰いが既往喰いというまったく別の怪人だということに行き着いて、SNS乗っ取り事件と既往喰いが関係しているという情報も掴んでいた。だから彼は、この手帳を見たいと言ってきたの」

「……え」

俺は思わず目を瞬《またた》かせてしまった。

既往喰いやSNS乗っ取り事件の件は、霧島がいたからこそわかったことだ。霧島の協力がなければ千代さんの話を聞くこともなく、関係に気づくことはなかったと思う。

まさか刈島は、ひとりでそこに行き着いたのか。

自力でそこまで調べ上げられるなんて、悔しいが刈島のやつに感服してしまう。

「私がこの取材をしたのは、SNS乗っ取り事件が始まった頃だったわ」

「乗っ取り事件が始まった頃……って」

その説明で俺はようやくピンときた。

「もしかして、インタビューした生徒の中に乗っ取り被害者がいるかもしれないってことか？」

「ご名答」

河原崎が不敵な笑みを浮かべる。

確かニュースでも「SNS乗っ取り事件は一年前に高校生を中心に起きていた」と言っていた。だとすると、その頃インタビューした生徒の中に被害者がいてもおかしくはない。

「でも、その手帳って俺とか刈島に見せていいのか？　おいそれと他人には見せられないものだって聞いたことがあるけど」

「そうね。これまで何人もこの手帳を見るために魅力的な商談を持ちかけてきたけれど、すべて断っているわ」

「だったらどうして」

「マシロタイムズのために決まっているでしょう。それに、この情報を刈島くんだけに渡すのはフェアじゃない。だから杉山くんにも見せてあげることにしたの」

「フェアじゃないって。俺と刈島は別に争ってるわけじゃないけど」

「争ってないと思っているのは、当の杉山くんと刈島くんだけよ。気づかないうちにそうなるように私が仕向けたのだから」

「それは……どういう意味だ？」

どうにも話が呑《の》み込めず、首をかしげてしまった。

河原崎はそんな俺を見てきゅっと口角を釣り上げ、答えた。

「自分より下だと思っている杉山くんの案が採用されれば刈島くんも黙っていないだろうし、杉山くんも自分の案が採用されれば記事に気持ちが入るでしょう？　つまり、ふたりの間に自然と競争が生まれる。競争は良いものを作るために欠かせない要素よ」

つまり、刈島をたきつけ、俺にやる気を出させるために、河原崎は記憶喰い案を採用した。

どうして俺の案を採用したのか理由をずっと聞けないでいたが、そういうことだったのか。

しかし、始める前に聞かなくてよかったと思った。河原崎の手のひらで踊らされていたのだと知ったら、やる気をごっそりそがれていただろう。

「あからさまに嫌な顔をしているわね」

「そりゃあそうだろ。アイデア勝負で採用されたわけじゃないってわかったら、嫌な気分になる」

「まあ、そうでしょうね。だから、これは杉山くんをだましていたお詫びの印《しるし》でもあるわ」

河原崎は笑うと、そっと手帳を俺に差し出した。

「だましていたお詫びの印《しるし》、ね。まあ、だったらありがたく拝見させてもらうよ」

俺はため息交じりで手帳を受け取った。

「……ああ、そうだ。ついでに杉山くんにちょっと聞きたいことがあるのだけれど」

ほんの些細《ささい》なことだと言わんばかりに、河原崎は訊《たず》ねる。

「学年トップの成績を取っていて、坂江南高校陸上部に妹さんがいる霧島さんが、杉山くんに協力してくれているらしいけれど、本当なのかしら？」

「……ッ⁉」

俺は思わず手帳を落としてしまった。

「な、なんでそれを知ってんだ⁉」

「夏休み前に彼女に色々と聞かれたからよ。マシロタイムズの記事のこととか、杉山くんのこととか」

そう言えば、霧島は図書室に来たとき「河原崎さんにマシロタイムズのことを聞いて」と言っていた。根掘り葉掘り聞かれれば、協力していると思われてもおかしくない。

いや、というよりも――

「霧島は俺のことも聞いてきたのか？」

「ええ」

「なんで？」

「さあ。理由はわからないけれど、とりあえず私が持っている情報はすべて渡したわ」

どんな情報を渡したんだと問い詰めたくなったが、霧島の行動のほうが気になってしまった。

霧島が俺に協力したのは、ひとりで既往喰いを探すよりもふたりで探したほうが確実だと思ったからだ。彼女の目的は既往喰いを探すこと。なのに、なぜ俺の情報が必要なのだろうか。

「それで」

河原崎が改めて手帳を俺に差し出し、続ける。

「どうして霧島さんが記憶喰いの調査に協力を？」

「いや、どうしてと言われてもな」

霧島は一度既往喰いに人生を食べてもらったことがあるから、とは口が裂けても言えない。それに、できるだけ周りには知られないようにしたいと霧島は言っていた。

「都市伝説が好きらしくて、興味半分って感じだな」

「興味半分……へえ、霧島さんって見かけによらず、そういうことに興味があったのね」

河原崎の表情が、捕食者のそれに変わった。霧島を新聞部にスカウトしようとか考えているのだろう。

「霧島さんを新聞部に連れてきてくれないかしら」なんて無茶ぶりをされる前に、俺は他のテーブルに移ることにした。

「ま、まあとにかくありがとな。手帳は河原崎が帰るまでに返せばいいか？」

「別に今日じゃなくてもいいわ。夏休み明けに返してくれればそれで」

「え、俺も借りていっていいのか？」

「内容、かなりの量あるわよ」

「……マジで？」

手帳のページをぱらぱらとめくってみると、最後のページまでぎっしりと文字が詰まっていた。

よくよく考えてみれば、一年から三年までひとりずつインタビューしているのだから、一学年一〇〇人としても三〇〇ページはある。河原崎が言うとおり、どう考えても今日一日で全部読めるページ数ではない。

とはいえ、河原崎の大事な手帳をこのまま借りていくことに気が引けた俺は、学校が閉まる夕方まで図書室で読んでみることにした。

乗っ取り被害者を見つけたときにメモができるように、紙とペンを河原崎から借りて、早速一ページ目を開く。

最初のページは、一年A組のメモだった。一年ほど前の取材なので、二年である俺たちの学年だ。

「な、なんだこりゃ」

ページを開いて早々、驚きで思わずひとりごちてしまった。

個人のインタビューなのだから、趣味や将来の夢くらいは書かれているのだろうと思った。

だが、それだけではなく、もっと突っ込んだこと……平たく言えば恋人の有無や気になるクラスメイトなど、女子生徒たちが好きそうな情報が網羅《もうら》されていた。

一体どうやってそんなことを聞けたのかと河原崎に聞きたくなってしまった。もしかすると、河原崎はジャーナリストよりも刑事の素質があるのではないかとさえ思ってしまう。

書かれていることに慄《おのの》きながら、俺は手帳を読み進めた。

A組を一通り読んで、SNS乗っ取り被害者がいないことを確認してB組のメモへ。

B組は俺のクラスだ。他人の心の中を覗《のぞ》き見ているような罪悪感にかられてしまった俺は、自分のクラスだけはサラリと流すことにした。

こんな情報を覚えていても、災いしか起こりそうにない。

できるだけ記憶にとどめておかないようにしようと自分に言い聞かせたとき、俺の視線はとある生徒の名前で止まった。

霧島野々葉——

当たり前だが、手帳には霧島のインタビューも残されていた。

一年前、霧島は既往喰いに人生の一部を食べてもらったと言っていた。つまり、この手帳に書かれている内容は、彼女が人生を食べてもらう前の可能性がある。

これを読めば、霧島が食べてもらった人生の一部がなんだったのかわかるかもしれない。知りたいと思っていた霧島の人生。それがこの手帳に書かれているのだ。

そう考えた瞬間、急に心臓の鼓動が速くなり、喉がからからに渇《かわ》きはじめた。

「……好きなものは和菓子に緑茶、夏祭り。日本テイストなもの全般」

それらが好きなのは、やはり祖母の千代さんの影響らしい。苦手なのは機械類で、過去に父親のボイスレコーダーを壊して怒られたことがあると書いてあった。

そして続いたのは、人生で一番辛《つら》かったこと――

「これまでで一番辛《つら》かったのは、大好きなひとと別れなければならなくなったこと」

それが亡くなった母親のことを指しているのではないと思ったのは、河原崎の追加メモで「中学から好きだった男子」と書かれていたからだ。

中学から好きだった男子。

頭をよぎったのは、先日千代さんが霧島に言った言葉だ。

『確か前にもらった手紙に中学校の同じクラスに好きな人ができたとかなんとかって書

いてて――』

心臓がぎゅうと押しつぶされるような気持ち悪さがあった。

やはり霧島は、その中学のクラスメイトと友人以上の関係だったのだ。

そして、中学を卒業して高校に進学するときに何かしらの理由で別れることになった。

文章から推測するに、ふたりは想いが離れたというわけではなく、どうすることもできない理由で離れ離れにならざるを得なくなったのだろう。

俺は確信した。霧島が既往喰いに食べてもらったのは、その男との人生なのだ。

その男のことがどうしても忘れられなくて、辛《つら》くて――霧島は既往喰いに消してもらったのだ。

「……何をショックを受けてんだ、俺は」

既往喰いに食べてもらったのであれば、霧島にその記憶はない。だったら何も気にすることなどないではないか。そう自分に言い聞かせたが、無理だった。

その男への霧島の想いは確かに存在していて、消えることなくこの手帳に残っているのだ。

俺にではなく、別の誰かに向けた霧島の想い。

それから目をそむけることはできなかった。

ふと窓の外に視線を送れば、学校の校舎が茜色《あかねいろ》に染まっていた。かすかに夕刻を告げる音楽が窓の外から聞こえている。

まもなく図書室が閉まる時間だ。時間がなくなったというより、これ以上読み進める気力がなくなってしまった俺は、手帳を閉じるとリュックの中に押し込んで席を立つ。

「ごめん河原崎、やっぱ手帳借りてくわ」

「それはかまわないけれど……どうしたの杉山くん。顔色が真っ青だけれど」

「え？」

河原崎にそう言われて、俺は慌てて顔をごしごしこすった。

「い、いや、別になんでもない。ちょっと夏バテしててさ」

「あら、そう。体を冷やしたり、冷たいものを飲んでばかりいるから夏バテしてしまうのよ」

心配しているのかしていないのか、よくわからない口調で河原崎は言う。

「まあ、気をつけるよ」

「そうね。あとは、時々進捗も報告しなさい」

「わかってるよ。手帳、ありがとな」

俺は河原崎にもう一度礼を言って、図書室の入り口へと向かう。

進捗を報告しろと言われたが、しばらく記事に取りかかれる自信はなかった。

俺の中で大きく膨れ上がっていた霧島の存在は、行くべき場所を失って黒いもやもやに変わっていた。

このもやもやした感覚には覚えがあった。半年前、もう走ることができないとわかったときに抱いた虚無感だ。

こんな思いをするのであれば、手帳なんて読むべきではなかった。

「おい、杉山」

と、図書室の扉を開けたと同時に、どこか敵意のこもった声で名前を呼ばれた。

図書室前の廊下に男子生徒が立っている。

丸顔のキツネ目で近寄りがたいオーラを放っている刈島だった。

「なんだ刈島。今日も学校来てたのか」

「君が学校に来てるって河原崎さんから連絡があったから来たんだよ」

「は？　なんでわざわざ――」

と言いかけて、刈島と夏休みのどこかで取材の情報共有と記事原稿の割り振りをする予定だったことを思い出した。

嫌いなやつだとはいえ、記事を完成させるためには刈島の力を借りなければならない。

今から打ち合わせをするのは気分的に難しいので、会う日程を決めておこう。

そう思ってスマホを取り出そうとした瞬間、刈島はとんでもない言葉を口にした。

「杉山、君が霧島さんと一緒に取材をしてるって聞いたけど、本当なのか？」

「……は？」

俺は思わず呆気《あっけ》にとられてしまった。

俺がすぐに答えられなかったのが気に食わなかったのか、刈島はこちらを睨《にら》みつけながら、声のトーンを落として続けた。

「おい、答えろよ。君と霧島さんは同じ中学だったけど、そんな仲じゃなかったはずだろ」

「いや、それはそうだけど……というか、なんで俺と霧島のことを知ってんだよ」

俺と霧島が一緒に既往喰いを調べていると知っているのも怖いし、中学の頃のことを知っているのも怖すぎる。

このまま立ち去ってもよかったが、嫌な予感がした俺は、冷静に否定することにした。

「何か勘違いしているようだけど、霧島には最初に少し調査を手伝ってもらっただけだ」

「……最初だけ？」

「ああ。彼女は意外とオカルトに詳しいらしくて、最初の調査を手伝ってもらった。それ以上は何もないし、今はもう会ってない」

半分口からでまかせだが、そんな説明で刈島は納得したらしく、小さく鼻で笑った。

「ふふん。そんなところだろうと思ったよ。霧島さんが君と一緒にいるなんて、おかしいと思った」

そう言って刈島は、別れの挨拶《あいさつ》もなしに図書室へと消えていった。

刈島が残していった妙な空気だけが廊下に漂う。

一体どういうことなのかわからなかった。だが、少なくとも刈島が霧島のことを気にしているのは間違いなさそうだ。霧島は相手が刈島であろうと、フレンドリーに接する。他の生徒がそうであるように、刈島も勘違いをして、霧島のことを密《ひそ》かに想っていても不思議じゃない。

否定して正解だった。否定していなかったら、事の真相を確かめるために、霧島にストーカーまがいのことをしていたかもしれない。

「……いや、もう霧島のことはどうでもいいだろ」

霧島がどうなっても俺には関係ない。

そう自分に言い聞かせた途端、またしても黒いもやもやが胸中に渦巻きはじめた。

そのもやもやから逃げるように、俺は昇降口へと足早に向かう。

校舎の外へ出てみれば、山の向こうに半分落ちた夕日が空を飴色《あめいろ》に染めていた。昼間はやかましかった蝉《せみ》たちも、いくらか落ち着きを取り戻している。

霧島にはもう会わないほうがいいかもしれない――

俺はぼんやりとそんなことを考えながら、学校を後にした。

＊

「やあ、秀俊くん」

「……」

時折吹き抜けていく風もいくらか熱を失い、茜色《あかねいろ》に染まっていた空はより濃さを増しつつある時間。仕事を終えたサラリーマンたちが帰路を急ぐ、自宅最寄りの駿河駅の改札口で、俺はしばらく立ちすくんでしまった。

つい先程、学校を出て「霧島には会わないでおこう」と決心した矢先、まるでそれをあざ笑うかのごとく霧島が駿河駅で待っていたのだ。

「……なんでお前がここにいるんだよ」

「ん？　奈々穂が部活終わって帰ってくるところで『ご飯食べに行こう』って話になったんだけど、どうやら部活の先輩たちと行くことになっちゃったみたいでさ。じゃあ、帰ろうかなあと思ってたときに、偶然秀俊くんが電車から降りてきたってわけ」

身振り手振りを添えて説明する霧島は、お洒落《しゃれ》な水玉柄のカーディガンに、膝上丈のジャージというラフな格好だった。

お洒落《しゃれ》ではあるがちょっと近場に出かけるといった雰囲気《ふんいき》で、奈々穂さんを待ってご飯に行くというのはウソではないのだろう。

「秀俊くんはどっかに行ってたの？」

「ちょっとマシロタイムズの件で学校に」

「学校？　へえ、河原崎さんとかいた？」

「いたよ。河原崎にSNS乗っ取り事件に関係している情報をもらって……」

と、手帳の件が脳裏によぎった俺は、そこで言い淀《よど》んでしまった。

「……？　SNS乗っ取り事件に関係している情報って何？」

「いや、なんでもない。というか、お前も早く帰れよ。すぐに真っ暗になるぞ」

「ん？　ん～……」

霧島はしばし考え、こちらを覗《のぞ》き込むようにして言った。

「ねえ、途中まで一緒に帰らない？」

「……は？」

「だってほら、ひとりで帰るのって怖いじゃん？」

「家族に迎えに来てもらえばいいだろ」

「ん～、電話しても絶対来ないと思う。お父さん、仕事で忙しいからさ」

何か含みがあるような、どうにも歯切れの悪い返答だった。

というか、あまり会話がないうちの父でさえ、連絡すれば迎えにきてくれるというのに、持病を抱えている娘を迎えに来ないなんて、なんて酷い父親だろう。

などと考えながら、どうしたものかとしばし黙考した。

霧島以外の人間とさえも会いたくないのに、当の本人と一緒に帰るなんて難題すぎる。

しかし「ひとりで帰れ」と霧島を突き放すことはできない。あと一〇分もすれば真っ暗になってしまう。一緒にいたくはないが、夜道をひとりで帰らせるのはさすがに罪悪感がある。

「仕方ない。途中まで一緒に帰ってやるよ」

「おお！　秀俊くん。やっぱり紳士マンだね！」

「俺は紳士でもなんでもない。お前は俺をいいように見すぎだ」

霧島のそんな冗談も、今の俺には苦しかった。

霧島が誰にでも親しく接してくる性格なのは知っている。霧島にとって俺は特別な存在ではなく、他の人間と同列の存在なのだ。

この世界で霧島の特別な存在と言えるのは、手帳に書いてあったあの男だけだろう。

きっと霧島は、俺に見せる向日葵《ひまわり》のような笑顔よりも、ずっと温かくて愛おしくなってしまう笑顔を、その男に見せていたに違いない。

そう考えると胸が苦しくなった。

俺ではなく、他の誰かに寄り添っている霧島を想像するだけで、頭がどうにかなってしまいそうだった。

「ねえ」

ふと気がつけば、霧島がすぐ隣で俺を見ていた。

「早く帰ろ？　真っ暗になっちゃうよ」

真っ暗になると危ないから、近くにいてよ。

そう言いたげに、霧島はそっと俺に寄り添ってきた。

手を伸ばせば、手をつなぐことは容易な距離だった。

そうすることが当たり前であるような空気に、心臓がドキリとはねた。

「あ、あのさ」

だが、俺は霧島の手を握るどころか、慌てて一歩距離を置いてしまった。

「きっ、霧島の家ってどっち？」

「……山根団地のほうだけど」

どこかつまらなそうに霧島は答える。

霧島が手をつなぐことを期待していたように思えたのは、多分、夕闇で彼女の表情がぼやけてしまっているからだろう。

「山根団地って、ここから歩くのキツくないか？」

「大丈夫。途中でバスに乗るから」

「え？　だったら」

ここから乗ればいいのに――

そう言いかけて、続く言葉は呑《の》み込んだ。

こちらを見ている霧島が、とてもさみしげだったからだ。

その表情は作為的に作られたものだとわかる。

だが、それがわかっていても、俺には霧島を軽くあしらうことができなかった。

「やっぱり秀俊くんは優しいマンだ」

霧島が優しく微笑《ほほえ》んだ瞬間、俺は霧島から目を逸《そ》らし、駅の待合室を飛び出した。

駅の明かりが届かなくなってきたあたりで追いついた霧島が、俺と肩を並べて歩きはじめる。

「優しいマンは撤回だ」なんて文句のひとつでも吐かれるだろうと思ったが、霧島は何も言葉を発することはなかった。

怒っているのかとも思ったが、どうにもそんな雰囲気《ふんいき》ではなさそうだ。

ちらりと横を見れば、霧島はすっかり星が輝きはじめた空を見上げてどこか楽しそうに笑っていた。

今日の霧島はどこかおかしい。いつもであれば、鬱陶《うっとう》しくあれこれとからかってくるはずなのに。

からかわれるのであれば反応のしようもある。

だが、何もしてこないのであれば、反応のしようもない。

そうして俺と霧島はしばらく無言のまま歩いた。

夜の帳《とばり》が下りたためか、沈黙がくっきり浮かび上がってしまう。道路脇の草むらから放たれる虫の声だけが、俺と霧島の間に流れていく。

「さっきさ」

霧島がぽつりと切り出したのは、線路脇の小道から市道に抜けたときだった。

「学校でSNS乗っ取り事件に関係している情報をもらったって言ってたでしょ？　それって、なんだったの？」

胸がずきり、とうずいた。

適当な理由ではぐらかそうと思ったが、いい言葉が出てこなかった。

「河原崎が全校生徒にやったインタビューのメモ」

はぐらかすことはできなくても、正直に答える必要はなかった。

だが、俺はリュックの中に入っている手帳のことを、素直に霧島に話した。

もしかすると俺は、霧島にこのことを話したかったのかもしれないと思った。

霧島には中学の頃からずっと好きな人がいて、その想いは既往喰いに消されてしまったのだと暴露することで、自分の中でけじめをつけたかったのかもしれない。

「インタビュー……って？」

「去年、マシロタイムズの記事用に河原崎がやったんだ。一年生から三年生まで、好きなこととか嫌いなこと。それに、これまで一番辛《つら》かったこととかを聞いて回った」

「……えっ」

空気で霧島の表情が強張《こわば》ったのがわかった。

「秀俊くん、そのメモ、読んだの？」

「読んだよ。インタビューを受けた生徒の中にSNS乗っ取り被害者がいるかもしれなかったからな」

「私のインタビューも、読んだ？」

「……ああ、読んだよ」

一瞬の間を置いてそう返した瞬間、霧島の足がぴたりと止まった。

街灯の下で立ち止まった霧島は、驚いているような、悲しんでいるような、不安に思っているような、そんな表情だった。

「そのメモを見て、どう思った？」

「どう思ったって……どういう意味？」

「私が一番辛《つら》かったのは、大好きなひとと離ればなれになったこと。多分、メモにはそう書かれていたよね？」

俺は息を呑《の》んでしまった。

霧島が放ったその質問は、絶対にあり得ないものだったからだ。

「なんでそれを覚えてるんだ？」

「……え？」

「霧島は一年前に既往喰いに会ったとき、一番辛《つら》い出来事を食べてもらったんだよな？その男と別れた人生を食べてもらったんじゃないのか？」

それを食べてもらったのであれば、河原崎にインタビューを受けたということは思い出せても、内容を思い出せるわけがない。もしくは、違うことを思い出すはずだ。

「そ、それは」

霧島が視線を逸《そ》らした。

明らかに何かを隠している仕草だった。

いつか夢の中で霧島が「私がウソをついていたら？」と言っていたことを思い出した。

もしかすると、霧島が人生を食べてもらったという話はウソなのではないか。

だから霧島はその男のことを覚えている。

そして、千代さんから既往喰いのことを、ずっと以前から聞いていた。

そう考えればすべてに合点がいった。

「……なるほど、そういうことか。ようやく霧島が既往喰いを探している理由がわかったよ。既往喰いに『その男と別れた人生』を食べてもらって、もう一度その男とやり直したいと思っていたのか」

どういう理由で別れたのかわからないが、原因を食べてもらえば男と別れずに関係を続けることができるだろう。

なんのことはない。霧島は再びその男と一緒になるために俺を利用していたのだ。

思えば千代さんの家に行ったときも、霧島はその男のことを覚えているような素振りだった。それに、既往喰いに会っているのなら、怪人のことを記憶喰いと呼ぶはずがない。

真実のかけらはそこらじゅうに散らばっていたというわけだ。

なのに俺は、滑稽《こっけい》にもそんな霧島に――

「ち、違う！　そういうんじゃなくて、私は」

「違う？　何が違うんだ？　ウソをついてないって言いたいのか？　だったらどうしてその男のことを覚えてるんだ？　まさかたいして辛《つら》くもない過去を既往喰いに食べてもらった、なんていわないよな？」

「だから、それは……」

何かを言いかけて、霧島は言い淀《よど》み、そのままうつむいてしまった。

「おい、言いたいことがあるなら、はっきり言えよ」

流れる静寂。

沈黙を突き破るように踏切が不気味に鳴りはじめた。

暗闇の中で踏切の赤い警告灯が交互に点灯する。

坂江市方面から来た電車が踏切を通り過ぎ、再び沈黙が降りたとき、霧島は口をひらいた。

「……私が秀俊くんに協力したのは、そんなんじゃないよ。私はただ……秀俊くんと話したくて、一緒にいたくて、それで――」

「……っ！」

この瞬間、俺の中で決壊しかけていた何かが、ついに壊れてしまった。

「そうやって俺をからかうのもいい加減にしろ……っ！」

墨《すみ》をまきちらしたような闇の中に、俺の怒号が響く。

「お前はいつも勝手なことばかり言って、勝手なことばかりやって……そのせいで俺がどう思うのかなんて考えもしてないっ！」

そのときの霧島がどういう表情だったのか、どういう言葉を発していたのかは、わからない。

ただ俺は、心の奥底から溢《あふ》れ出す感情に流されていた。

「いいか！　はっきり言って迷惑なんだよ！　馴れ馴れしくされるのも、笑顔を見せられるのも！　お前の強がりに……いや、お前の不幸に、俺を巻き込むなっ！」

言い終えると、風船がしぼんでいくように感情の波が一気に消え失せた。

時が止まった、とはこういうことなのだろう。

周りには音も、色もなく――ただ、唖然としている霧島の姿だけが、くっきりと見えていた。

「ごめん」

震える霧島の声が、止まっていた時間を動かしはじめた。

そして、流された感情の奥から姿を見せた俺の本能が、霧島に酷いことを言ってしまった事実を告げる。

だが、もう遅かった。

霧島は俺の横を音もなくするりと抜けると、薄暗い闇の中に消えていった。

残った霧島の甘い香りが、妙に孤独感を際立たせる。

俺はその場から一歩も動けなかった。

平衡感覚が失われ、天地がぐるりと逆転したような気持ち悪さがあった。

ふと脳裏に浮かんだのは、車にはねられて陸上競技ができなくなったときに学んだことだった。

結局無駄になるかもしれないのなら、はじめからやらないほうがいい――

こういう結末が待っているのであれば、霧島と知り合わなければよかったのだ。知り合わなければ、誰も傷つくことなんてなかった。

夜の闇が心の中に染み込んでくるように、深い後悔が生まれる。

俺はまた過《あやま》ちを犯してしまった。

既往喰いでもない限り、消すことのできない大きな、大きな過《あやま》ちを。

＊

霧島と酷い別れ方をした日から数日がたった。

そろそろマシロタイムズの記事に取りかからないとまずい時期なのだが、俺は記事どころか、河原崎に貸してもらった手帳すら読むことができないでいた。

何も手につかない無気力状態。原因はもちろん、霧島との間に起こったことだ。
二、三日もすれば忘れるだろうと軽く考えていたが、日を追うごとに後悔は膨らんでいる。
ベッドの上でため息を漏らし、これでは駄目だと己を鼓舞して机につくが、気がつけば窓から外をぼんやりと眺めながら、またしてもため息をついていた。

一年前、医者から「もう陸上競技はできない」と言われたときのことを思い出した。あのときも気力が喪失して、何もやる気がおきなかった。

神さまは俺になんの恨《うら》みがあって、こんなことを何度も経験させるのだろうか。そんなことを悶々《もんもん》と考え、俺は毎日をだらだらと過ごした。

外には一歩も出ず、ぼんやりスマホでSNSやネットを眺める毎日だ。

霧島からはなんの連絡もなかった。時折スマホが震えるときがあるのだが、例外なく河原崎からの記事の進捗確認で、その度に俺はゲンナリしてしまった。

そして、それから一週間がたち、夏休みも残り少なくなってきた頃——

俺のスマホが、河原崎ではない人間からの着信を告げた。

『……杉山秀俊くん？』

俺が電話に出るのがあまりにも早かったからか、聞こえた声は少し驚いているようだった。

聞き覚えのない男の声だった。霧島のものではないその声を聞いたときの俺の落胆っぷりは、きっと見ていて笑えるものだっただろう。

「はい。杉山ですけど、誰ですか？」

『突然電話をしてすまないね。私は霧島正則という者なのだが』

「霧島？」

その名前にどきりと心臓がはねた。

『ああ。娘の野々葉に番号を聞いて電話をさせてもらった』

名字を聞いてまさかとは思ったが、どうやら電話をかけてきたのは霧島の父親のようだった。

「えーっと……どうして霧島のお父さんが？」

しばし言葉に詰まってしまった俺は、ようやくそんな質問を投げかけた。

『野々葉に聞いたのだが、君はＳＮＳ乗っ取り事件について調べているらしいね？』

「ＳＮＳ乗っ取り事件？」

しばらく既往喰いのことから離れていたせいか、ＳＮＳ乗っ取り事件が何を指すものなのか思い出すのに時間を要してしまった。

「ええ、学校の校内新聞で特集することになっていまして、取材しています」

『単刀直入に言うが、私はそのＳＮＳ乗っ取り事件の被害者のひとりなのだ』

「え……？」

俺は一瞬耳を疑った。

まさか、というのが正直なところだった。高校生ではなく大人の被害者がいるなんて思いもしなかったし、それが霧島の父親とくれば二重の驚きだった。

『もし乗っ取り事件について詳しく聞きたいのであれば、協力できると思う』

「え……あ、それは……ありがたいですけど」

思わず言い淀《よど》んでしまったのは、今は何かをする気力がまったくなかったからだ。

『もしかすると、すでに別の被害者から話は聞けたのかな?』

「あ、いえ、そういうわけでは……」

『そうか。ならば私の話で君が抱えている悩みは解決するはずなのだが』

「悩み、ですか」

目下の一番の悩みは霧島との関係なのだが、マシロタイムズの原稿が悩みのひとつになっているのは事実だ。彼の話を聞けば、そちらの悩みは解決するだろう。

霧島との関係がどうなろうと、夏休みの終わりまでにマシロタイムズの記事を完成させなければならないことには変わりない。

そして、記事を完成させなければ、新聞部を退部させられるということも。

「……ありがとうございます。そのお話、聞かせてください」

『今日の夕方五時頃なら時間が作れる。駿河駅前の喫茶店「ビフォー」であれば行けるのだが、どうかな？』

「大丈夫です、よろしくおねがいします」

『そうか。それでは、今日の五時に』

そう言って、霧島の父親は電話を切った。

電話を切って改めて電話の内容を思い返すうちに、身震いをしてしまった。

霧島の父親から電話がかかってきたのも驚きだが、それよりも彼がＳＮＳ乗っ取りの被害者だったのは意外だった。

乗っ取り被害者ということは、人生の一部を食べられた可能性がある……というより、間違いなく既往喰いに会って、人生をリセットしている。

人間とは現金なものだと呆《あき》れてしまった。

先程まで気力がなくて何もしたくなかったはずなのに、そんなことを考えているうちに、あろうことか興奮してしまっていたのだ。

ふと時計を見れば、待ち合わせまで少し時間があった。時間を潰《つぶ》そうかとベッドに横になったが、どうにも落ち着かない。

「……時間はあるけど、喫茶店に行こうかな」

俺はベッドから起きると、外着に着替えて部屋を飛び出した。

夏空からは痛いほどの日差しが降り注いでいたが……興奮のせいなのか、そんな日差しも蒸し暑さも苦にはならなかった。

*

待ち合わせ場所の喫茶店「ビフォー」に到着して十分とたたないうちに、俺は来てしまったことを少し後悔していた。

改めて考えてようやく気がついたのだが、これからここに来る人物は微妙な関係になってしまった霧島の父親であり、まったく面識がない大人なのだ。見知らぬ大人と会うだけでも萎縮《いしゅく》してしまうのに、微妙な関係になったクラスメイトの父親ともなれば、緊張で吐いてしまいそうになる。

やはり断りの電話を入れるべきではないか。

いやいや、ここまで来たのだから腹をくくるべきだ。

そんなことをうじうじ悩みながら、俺は結局席を立つことができなかった。

そして、一杯のオレンジジュースで居座る俺を見る店員の視線が鋭くなりはじめた頃、喫茶店の扉が開く鈴の音が聞こえた。

現れたのはひとりの中年の男だった。

この喫茶店は駿河駅前に店を構えているが、駅周辺にはデパートのような人の集まる場所がないためか客足が悪い。現に俺がこの店に入ってから、客はひとりも来ていない。ゆえに、時間ピッタリに現れたその男が霧島の父親に違いないと思った。

短く刈り込まれた頭髪に、ブラウンのスーツを着た清潔感のある男性。

俺が思わずギョッとしてしまったのは、彼が遠くからでもわかるほど強面《こわもて》だったからというわけではない。

俺だけではなく、坂江市に住む人間であれば彼のことを知らない人間はいない。現に店員も目を見開き、あんぐり口を開けていた。

「や、山形ノボル？」

現れたその男は、文学賞を受賞した坂江市出身のミステリー作家、山形ノボルだった。

山形ノボルは、坂江市を舞台に探偵が難事件を解決していく「西彼《せいひ》の春」が文学賞を受賞したことで一躍有名になり、そののち「君に想えば」「サトリ」などのヒット作を次々と出している。

なぜあまり読書をしない俺が山形ノボルのことに詳しいのかといえば、眞白学院の授業で、学校のＯＢである彼の作品を読まなくてはならなかったからだ。

聞くところによると、郷愁を誘う情景描写に虜《とりこ》になるファンが多いらしい。

だが残念ながら、彼の作品は俺の琴線に触れることがなかった。そのことを河原崎に話したところ「感性が腐《くさ》っているのね」と真顔で言われた。

「君が杉山くんかな？」

俺が座るテーブルまで来た山形ノボルは低い声でそう言った。イメージぴったりの声だと思った。

「は、はい。杉山です」

「すまない。待たせてしまったようだ」

「いえ。俺もさっき来たところなので」

と言ってはみたものの、空《から》になっているコップを見て俺のウソが一瞬でわかったようで、山形ノボルは小さく頬を緩ませた。

まったくもって現実味がなかった。山形ノボルが現れただけでも衝撃なのに、彼はあろうことか霧島の父親なのだ。

先日、霧島が「お父さんは仕事で忙しいから迎えには来ない」と言っていたことを思い出した。

それもそのはずだ。売れっ子作家が忙しいのは、当たり前だろう。

「あの、えーっと、霧島……じゃなくて、野々葉さんは一緒には？」

「野々葉は一緒には来られないと言っていた」

「そう、ですか」

来なくて当たり前かと思ったが、来ていないとわかると、それはそれで多少ショックな部分がある。

「杉山くんは……」

席に座った山形ノボルは、おもむろにタバコに火をつけようとしてその手を止めた。テーブルには灰皿があるし、別に店内は禁煙というわけではないようだが、どうやら俺に気を使ってくれたようだ。

「杉山くんは野々葉のクラスメイトなのかな？」

「はい。中学校三年の頃から同じクラスで」

「そうか。それなら野々葉とは長い付き合いだな」

「まあ、そうですね」

中学の頃は接点がなくて今は微妙な関係です、とは心の中で答える。

俺を見る山形ノボルは、霧島との関係をあれこれ聞きたそうな空気があった。俺はその質問を投げかけられる前に、疑問に思っていたことを訊《たず》ねることにした。

「あの、ひとつ聞きたいんですが、どうして俺に協力しようと思ったんですか？」

「先日、野々葉に強く頼まれてね」

「……野々葉さんに？」

「私が乗っ取り事件の被害者であることをいつ知ったのかはわからないが、『クラスメイトが新聞部の活動で事件について取材しているから、協力してやってくれないか』と頼まれたんだよ」

まさか、というのが正直な感想だった。

あんなに酷いことを言ってある意味ケンカ別れしたのに、霧島はわざわざ父親に取材の協力を頼んだというのだろうか。

「どうして野々葉さんはそんなことを？」

「……？　それは、単純に君の力になりたかったからだと思うが？」

そんな当たり前なことを聞くなと言いたげに、山形ノボルは眉根を寄せた。

どうやら彼は、俺と霧島の関係が悪くなってしまったことを知らないようだ。あえて話す必要もないと考えた俺は、それ以上何も聞かないことにした。

「そういえば、眞白学院の校内新聞はマシロタイムズという名前に変わっているようだな」

「はい、今の部長の案で去年変わりました」

「そうか。私の時代は堅苦しい名前だったが……実にいい名前だな」

「ありがとうございます。部長に伝えておきます」

それを聞いた山形ノボルは頬を緩ませた。

強張《こわば》っていた空気が少しやわらかくなった気がした。

そのおかげというわけではないだろうが、喫茶店の店員が注文を聞きにやってきた。

注文を聞くついでにサインを求めているあたり、しっかりしている店員だ。

「杉山くん、乗っ取り事件のことを話す前にひとついいかな」

山形ノボルは快くサインをした後、ブレンドコーヒーを頼んでそう切り出した。

「はい、なんでしょう」

「このことを記事にするにあたってのことだが、個人名は伏せてもらえるかな。騒ぎになると困る人間が多いのでね」

山形ノボルが霧島の父親であることは、一部の学校の教師以外誰も知らないだろう。

もしかすると、河原崎でさえも得ていない情報かもしれない。

それに、騒ぎになれば彼の作家活動にも影響を与えかねない。

「それは、もちろんです」

俺はこのことを決して口外しないことを約束した。山形ノボルは満足したように小さく頷《うなず》くと、乗っ取り事件についておもむろに語りはじめた。

「SNSのアカウントが乗っ取られたのは一年半くらい前だったと記憶している。SNSは新人だった頃に始めたのだが、時間がたつうちに書くのをやめてしまってね。変な書き込みがされていると知ったのは、知り合いの作家から連絡があったときだ」

「どういう書き込みがあったんですか?」

「最初は文学賞に落選したというものだった。それから似たようなことが何度か書き込まれた」

山形ノボルはポケットからスマホを取り出すと、自身のSNSページを見せてくれた。

そこには彼が言うとおり、文学賞に落選したという書き込みが残されていた。一番目を引いたのが「私はもう死んだほうがいいのではないか」という自虐的な書き込みだった。

それを見て、山形ノボルが既往喰いに食べてもらった人生がなんだったのかわかった。

彼は「文学賞に落選した」という人生を既往喰いに食べてもらったのだ。だから、落選したときに書いたものが、こうやって残っている。

山形ノボルがこの文学賞を受賞したのは、七回目の候補に上がったときだ。受賞のインタビューで彼は「六回取れなかったときは本当に辛《つら》かった」と言っていた。

文学賞は新人賞と違って、編集者が出版されている本の中から候補を探す。

つまり、山形ノボルは六回も知らないところで自分の作品を候補に上げられ、騒がれ、選考委員から批評されたうえで落とされたことになる。文学賞の候補にあがるのは名誉なことなのだろうが、六回もそんな思いをすれば、追い詰められて当然だ。

「書き込みは消していないんですね。アカウントも消さないんですか？」

「そうだな。……まあ、色々と思うところがあってね」

山形ノボルは少し間を置き、そう答えた。

その「思うところ」というのが引っかかったが、触れてはいけないことのような気がして、スマホへと視線を戻した。

「他の書き込み、見てもいいですか？」

「どうぞ」

スマホを手に取った俺は、時を遡《さかのぼ》って、書かれていることをひとつひとつ確認していった。

この中に既往喰いにつながる何かがあるかもしれないと思ったからだ。

既往喰いに関することは山形ノボルの記憶の中からは消えているはず。既往喰いと関係していそうな情報が残っているとすれば、このSNSの中だ。

「杉山くん」

と、不意に名を呼ばれた。

スマホから視線をあげると、山形ノボルがじっとこちらを見ていた。

「もしかすると、君が調べているのは乗っ取り事件ではなく、別のことなのではないか？」

「……え？」

心臓を握られたような感覚があったのは、強面《こわもて》だった山形ノボルの表情がより硬くなったから、というわけではないと思う。

「ええっと……どういう意味ですか？」

「SNS乗っ取り事件は、その何かを調べるための、いわば通過点ではないのか？」

こちらを見る山形ノボルの目には、すべてを見透《みす》かしているような鋭さがあった。

これが、作家の目だといえばそうなのかもしれない。

だが俺には、山形ノボルが既往喰いにつながる何かを知っているような予感があった。

「……実は、既往喰いという都市伝説を調べています」

「既往喰い？」

山形ノボルの頬がぴくりと引きつったような気がした。
「はい。マシロタイムズで記事にしようとしているのは、最近ネットで噂になっている
その既往喰いなんです。取材を続けている中でＳＮＳ乗っ取り被害者が既往喰いに人生
をリセットしてもらった可能性があるという情報を手に入れまして、それで乗っ取り事
件について調べていました」
喫茶店の店員がブレンドコーヒーを運んでくるのが見えた。
テーブルにコーヒーが置かれた瞬間、鼻腔をくすぐる良い香りが辺りに広がっていく。
「……そうか。先日野々葉が突然義祖母のところに行くと言い出したのは、そういう理
由があったのか」
山形ノボルはため息をひとつ漏らし、コーヒーに口をつける。
「これも運命なのかもしれないな」
そう言った山形ノボルは、ひどく落胆しているように見えた。
そして鞄《かばん》の中から何かを取り出した。
「それは？」
「私の妻、景子《けいこ》が残した手帳だ」
山形ノボルが手にしていたのは、一冊の古い手帳だった。

「実を言うと、野々葉からSNS乗っ取り事件について杉山くんに話して欲しいと言われたとき、もしかすると君が調べているのは既往喰いなんじゃないかと思ったんだ」

「それは……どうしてです？」

「これを読めばわかる」

そう言って山形ノボルは手にした手帳を差し出した。

かなり使い込まれていて、すごく年季を感じる。一年か二年……いや、もっと古い気がする。

俺は手帳をそっと受け取り、一体何が書かれているのか不安に苛《さいな》まれつつ、ページを開いた。

そして、最初の一行を読んだ瞬間、全身の血が逆流していくような感覚があった。

『私に備わってしまった既往喰いの能力について――』

既往喰いの能力。

それが何を意味することなのかは、一瞬でわかった。

つまり、この手帳を残した景子さん――山形ノボルの妻であり、霧島の母親であった女性が既往喰いだったのだ。

状況がうまく呑《の》み込めなかった。こんな偶然がありえるわけがないと思った。

だが、そう考える一方で納得できることもある。

「記憶喰いに記憶を食べてもらった」と言っていた霧島の話だ。

霧島はウソなどついておらず、本当に人生を食べてもらったのかもしれない。

母親が既往喰いだったからこそ、霧島は人生をリセットできたのではないか。想いを寄せていた男との人生ではなく、別の何かを、母親の景子さんに――

「景子は既往喰いでありながら、既往喰いの能力について長年調べていた」

ぽつり、と山形ノボルが切り出した。

「既往喰いは、中国、唐代の官制・法制について記す『唐六典《とうりくてん》』に出てきた夢を喰らう『伯奇《はくき》』を起源とするものらしい」

「伯奇？」

「霊獣の一種だ。日本では『貘《ばく》』という名前で伝わっている。伯奇を起源とするものの、食す対象が夢と人生では大きく違うため、推測の域を越えることはできないと景子は記している」

山形ノボル曰《いわ》く、他人の人生の一部を喰らうことができる既往喰いは、古くから日本に存在し、人々の生活に溶け込んでいたという。

既往喰いは伯奇とは違って相手の人生を喰らい、それを己の人生とする。

つまり、「良かったこと」を喰らえば相手の中からその事象は消え、既往喰いの人生の「良かったこと」になり、「悪かったこと」を喰らえば、既往喰いの人生の「悪かったこと」になるというのだ。

そして、食べたことは既往喰い以外覚えていない。

どんな人生を食べたのか、誰が食べられたのかは既往喰いのみが知る。だから既往喰いは正体を暴かれることなく、普通の人間と同じように生きてきたと山形ノボルは言った。

「景子さんが既往喰いだと知っていたんですか？　その……出会ったときから」

「知らなかったよ。そもそも私が既往喰いのことを知ったのは、その手帳を読んだときだ」

山形ノボルは俺が手にしていた手帳を指差した。

「はっきり言って、信じられなかった。そんな話が本当にあるものかと鼻で笑ったよ。だが、手帳に書かれていることを信じざるを得ない事件が私の身に起きた」

「……SNS乗っ取り事件ですか？」

山形ノボルは静かに頷《うなず》く。

「手帳に書いてあったのだ。既往喰いに食べられた人生は消えてしまうが、形として残されたものは消えることがないと」

　山形ノボルはコーヒーをひとくち飲み、続けた。

「本当はSNSに書かれていたように、私は文学賞に落選して失意のどん底にあったのかもしれない。その当時の景子に妙な違和感を持ったことを覚えているよ」

「違和感？」

「景子はこれまで一度も私の作品に対して意見や感想を述べることはなかった。だが、文学賞を受賞した『西彼の春』に対しては違った。舞台を坂江市にするように提言し、登場する人物像に対してもことこまかく意見してきたんだ」

　そのとき、景子さんと激しい口論になったという。

　そうなって当然だろう。なにせ、自分が正しいと思って筆を走らせた作品を、ある意味素人である景子さんが否定したのだから。

「結局折れたのは私のほうだった。景子はなぜそうしたほうがいいか、論理にもとづいて説明したのだ。彼女の意見はまるで……そうだな、選考員の選評を聞いているようだった」

　この言葉で、俺は理解した。

　つまり、景子さんは山形ノボルが文学賞に落選したという人生を見て、選考員の選評を聞いていたからこそ、作品の弱点を山形ノボルに伝えることができたのだ。

「私が書いた『西彼の春』は、作家人生のすべてを注ぎ込んだ作品だった。これが最後のチャンスだと思っていた。だから、もし落選していたら私は自分がそういう行動に出てもおかしくはないと思う」

「それは……SNSに書いてあったことを実行したかもしれないってことですか?」

SNSに書かれていたこと。つまり、自ら命を断つ。

「そうだ。だから……だから、景子は」

山形ノボルは言い淀《よど》み、先を語らなかった。

彼にその記憶はない。彼が今歩んでいる人生は「文学賞を受賞して、ミステリー作家として成功している」人生だからだ。

だが、本当はそうではない人生を送っていたとしたら。

失意のあまり、夫が自らの命を断とうと考えたとき、既往喰いであり、妻でもある景子さんはどうしただろうか。

手帳には、既往喰いは他人の人生を喰らうと書いていた。

喰らった他人の不幸は自らの不幸になる、と。

痛い沈黙が降りる。

俺は視線を手帳の中へと戻し、先を読み進めることにした。

手帳には生前、景子さんが調べていたであろう既往喰いの能力に関する歴史や、考察、そして景子さん自身の苦悩が綴《つづ》られていた。

この能力は使うべきではないと、景子さんは言う。

良かったことを喰らえば周りが苦しみ、悪かったことを喰らえば自分が苦しむことになるからだ。

だから景子さんは自分の能力を使わなかった。

そして、使わなかったがゆえに、景子さんは苦悩することになった。

自分には他人を不幸から救える能力があると知っていながら、使わない……つまり、不幸に見舞われたひとたちを見捨ててきたのだ。

手帳は半ばから景子さんの苦悩を記した日記のようになっていた。

……二月十七日　家の近くの公園で隣の家の昌子《まさこ》ちゃんが泣いているのを見かけた。話では高校に入って付き合いはじめた恋人が重い病にかかったらしい。既往喰いの能力を使えば彼女を苦悩から救うことができると思う。だけど、彼女の苦しみを背負う勇気が私にはなかった。

三月一日　野々葉が学校を休みがちになっている。理由は話してくれないけど、きっと学校で何かがあったに違いない。正則さんに相談したが、そっとしておくのがいいと言われた。余計な言葉をかけるよりも、時間が解決してくれると私も思う。だけど、野々葉の苦しみを取り除いてあげられないのが辛《つら》い。

三月五日　デパートに数人の警察官が来ていた。耳を傾けてみたところ、誰かが置き引きをされたらしい。被害者は母くらいの老婦だった。母が同じような目に遭《あ》っていたらと思うと気が重くなる。きっと彼女の家族もショックを受けるだろう。あまり考えないようにしよう。

四月九日　奈々穂が失恋したようだ。ふさぎ込んでいる姿を見ると胸が痛くなる。

五月十八日　正則さんの弟、正一郎《しょういちろう》さんの息子さんが交通事故で腕を骨折してしまったらしい。これから野球部の大会があると話していたのを思い出す。

九月二〇日　父が交通事故で亡くなった。私は、何もできなかった。

十二月二〇日　正則さんの「西彼の春」が文学賞にノミネートされた。嬉しい半面とても心配になる。もし落選したらと考えると、とても怖い。

一月十八日　母よりも前の世代の西園寺家の長女が代々短命だった理由がわかった。ごめんなさい、野々葉、奈々穂。愚かな母を許してください。

延々と書き綴《つづ》られていた景子さんの日記は、そこで終わっていた。

多分、日記の最後の日を境に、景子さんはたくさんのひとの不幸を食べはじめたのだ。そして、それがSNS乗っ取り事件として騒がれることになって、背負った不幸で景子さんが亡くなるまで続いた。

俺には何が幸せで何が不幸なのか、わからなくなってきた。

夫やたくさんのひとたちの不幸を背負った景子さんは、はたして不幸だったのだろうか。不幸を食べてもらった山形ノボルは幸せなのだろうか。残された奈々穂さんや、霧島は――

「あの……このことを野々葉さんは知っているのでしょうか？」

俺は思わず訊《たず》ねてしまった。

知らないほうが幸せなことは多いが、この話はまさにそれだと思った。母親が父親の身代わりになって死んだなんて、知らないほうがいいに決まっている。

「私は話していない。だが、私と景子との間で何かがあったことは感じ取っているのだと思う。だから、野々葉は私をとても嫌っている」

「野々葉さんが？」

まさかと思ったが、先日駿河駅で「親に迎えに来てもらえばいいのに」と言ったとき、霧島はとても暗い顔をしていたことを思い出した。

「もしかすると、野々葉は景子から何かを聞いていたのかもしれない。景子が死んだのは私のせいだと知っているのかもしれない。だから野々葉は」

そこまで言って山形ノボルは言葉を呑《の》み込んだ。

そして、瞼《まぶた》を閉じて何か考えたのち、コーヒーカップを手に取った。

「コーヒーがすっかり冷めてしまった。話はここまでにしようか」

「……ありがとうございます。電話でおっしゃっていたとおり、悩みは解決できそうです」

「そうか、それは良かった」

山形ノボルは小さく頷《うなず》く。

既往喰いの正体がわかって、マシロタイムズの記事を書くための素材はすべて揃ったと思う。あとはこれをまとめれば、悩みの種だったマシロタイムズの原稿ともさよならできる。

「その手帳は……しばらく君が持っていなさい」

山形ノボルはおもむろにそう言った。

「最初に言ったとおり、もちろん個人名は伏せて欲しいが、景子が何を考えていたのかを正確に記事にして欲しい。そうすれば、景子もいくらか浮かばれるのではないかと思う」

そう言われた瞬間、持っていた手帳がずしりと重く感じた。

はっきり言って、そんな資格は俺にはないと思った。眞白学院に在籍し続けるためだけに新聞部に寄生している俺が書いていいものではない気がした。

どう返事をしてよいものか悩んでいる最中、喫茶店の扉が開く鈴の音が響いた。入り口のほうで来店した老婦が店員と談笑しているのが見える。その老婦の後ろ、ガラス扉越しに見える空は、真っ赤に染まっていた。

どっと疲れが溢《あふ》れてきたのは、多分、時の経過を感じてしまったからだろう。

「……とりあえず、手帳はお預かりします」

俺はもう一度感謝の言葉を送った。山形ノボルは感情が見えない表情でひとつ頷《うなず》くと、お金をテーブルへ置き、静かに席を立った。

＊

「ああ、暑い！　暑いって言ったらよけいに暑くなるってわかってても言いたくなるほど暑い！」

リビングで悲痛の叫びを放つのは、またしても下着姿でアイスを片手に持った妹の香だった。

「それに、この蝉《せみ》の声！　蝉《せみ》は仏さまの乗り物で盆前に殺しちゃうと罰《ばち》が当たるらしいけど抹殺《まっさつ》したいっ！」

「うるさい。こっちまで暑くなるからやめろ」

「お兄ちゃん知ってる？　蝉《せみ》が七日七夜鳴いて死ぬのは、幼虫のときに芋《いも》を食べた罰《ばち》が当たって、何も食べられなくなっちゃったからなんだって！」

「へえ、なるほど。特に役にもたちそうにない情報、ありがとうな」

見苦しい香の下着姿を見ないように視線を逸《そ》らしながら、俺は答える。

自分の話に全然興味を持ってくれないことにカチンときたのか、香は「お兄ちゃんのアホ！」と捨て台詞《ぜりふ》を残してどこかに行ってしまった。多分、扇風機があるダイニングに行ったのだと思うが、きっと十分もたたずに「暑い暑い」と叫んでこっちに戻ってくるに違いない。

まったくもって鬱陶《うっとう》しい妹だが、パソコンを使わせろと言わなかっただけ良しとしよう。

そう前向きに考えて、俺はパソコンの画面に戻ると、改めてデスクトップに並んでいる幾つものデータを眺めた。

並んでいるのは、これまで取材してきた既往喰いに関するメモの山だ。

これまで取材してきたことや、景子さんの手帳に書かれていた内容はすべてメモにまとめた。

だが、肝心のマシロタイムズの記事原稿はまだ白紙の状態だった。

既往喰いの正体がわかって、ようやく記事をまとめることができると思ったが、今度は判明した衝撃的な事実をどうまとめるか悩むことになった。

山形ノボルから言われたとおり、個人名はすべて伏せるつもりだが、既往喰いの真実を伝えるには、既往喰いが「とある人物」の母親だったことを説明しなくてはならない。

何も知らない人間であれば聞き流せる部分だろうが、娘である霧島は気がつくかもしれない。

それは、絶対に良くないと思う。俺がその事実を先に知らせるようなことをしてしまえば、霧島と父親の関係は完全に冷めきってしまいかねない。

「……というか、霧島はどうして父親に協力するように言ってくれたんだろう」

俺は椅子に背を預けて天を仰《あお》ぎ、喫茶店で山形ノボルが言ったことを思い出した。

霧島はSNS乗っ取り事件について俺に話すように父親に言ってくれた。あまりいい関係ではないにもかかわらずだ。

もしかすると、霧島との関係は修復できるのではないかと思った。霧島に連絡して一言ゴメンと言えば、あっさり解決する問題なのかもしれない。

「いや、そんなわけないだろ」

そんなことを考えてしまう自分に呆《あき》れてしまった。

人生の失敗が簡単に挽回《ばんかい》できないのは、俺の人生が証明していることだ。それに、そんな簡単なことで解決するのであれば、世の中の男女問題はすべて解決しているはず。

「ねえねえ、お兄ちゃん」

と、そんなことを考えていると、案の定、香がリビングに戻ってきた。

「なんだよ？」

「向こうでウキウキしちゃう情報をゲットしたんだけどさ」

「は？　ウキウキしちゃう情報？」

新しいアイスを咥《くわ》える香が手にしていたのは、駿河町町内会の回覧板だった。

回覧板は町内会の会合のお知らせや、地域清掃の案内、町内会費の収集のお知らせなどが掲載されているが、町内会主催の催し物やイベントの情報も掲載されることがある。

香が手にしていたのは、町内会の催し物の告知のようだった。

「ついにこのときがやってきたって感じだよね」

「このとき？　……ああ、今日駿河神社で夏祭りがあるのか」

それは毎年駿河神社で行われている夏祭りの告知だった。

駿河神社は家から歩いて二十分ほどの場所にある小さな神社だ。祭りも屋台が少し出ているくらいの規模で、元々は地域住民の交流の場として催されていた。

だが、今では遠く離れた町からわざわざ足を運ぶ人間が出てくる規模の大きな祭りになっている。

というのも、毎年同日に開催される坂江市の花火大会の花火が駿河神社からよく見えると情報誌に掲載されたからだ。

去年、地域清掃に駆り出された母親が「祭りの翌日は清掃が大変すぎる」と愚痴《ぐち》をこぼしていたのを覚えている。町内会では「市の花火大会の日とずらすべきだ」という意見が出たらしいのだが、どうやら今年も花火大会と同日開催のようだった。

多分、町内会の理事を務めている商店街グループが押し通したのだろう。

観客が集まる駿河神社夏祭りは、一般家庭からすれば面倒極まりない一日だが、商店街からすれば笑いが止まらない一日なのだ。

「というか、お前って夏祭りとか花火とか好きだったっけ?」

俺はチラシを見ながら香に訊《たず》ねた。

香は引きこもりも裸足で逃げていくほどの超インドア派だ。人間が多く集まる場所は特に嫌いなはずで、現に夏休み中もずっと家の中に閉じこもっている。

「ん、実は好きなほうなんだよね。夏祭りって、夏が終わるって感じでちょっとさみしくもあるけど……そこがまた良いじゃない? なんというか、侘《わび》しさっていうかさ」

「確かにそうだけど」

駿河神社夏祭りは、駿河町に住む人間にとって夏の代名詞であるが、夏の終わりを告げるものでもあった。この夏祭りが終わると、ヒグラシが鳴きはじめる晩夏の時期に入る。

「まあ、夏祭りは『夏の最後の思い出』って感じだな」

「あ、そうそう、夏の思い出。お兄ちゃんいいこと言うね。夏祭りは思い出づくりにぴったりだよね。だから、あたしと一緒に夏祭りに行ったほうがいいと思うんだ」

「……は?」

強引につなげられた話題に、俺は香の顔を見ながら呆気《あっけ》にとられてしまった。

「ええっと……すまん、お前と一緒にって、なんで？」

「なんでって、それは、その……ええっと、夏祭りが好きだから」

ずり落ちかけた眼鏡を上げながら香は言う。

よくわからない理論に俺は首をかしげてしまった。

「とにかく、行こうよ」

「いや、行こうって、夏祭りだろ？」

正直なところ、夏祭りなんて興味がなかった。

思い返してみても、今までの人生で夏祭りに行ったことは一回か二回くらいしかない。

いつ行ったのかはよく覚えていないが、長い階段を登って境内に入ってすぐの場所で花火を見たのを覚えている。そこで見る花火が格別にいいのだと教えられた。

「ほらあ」

どうにも渋っている俺に業《ごう》を煮《に》やしたのか、香が切り出した。

「なんかお兄ちゃんって、最近以前にも増してドンヨリしてる感じだし、夏祭りに行って花火でも見たら、きっと気も晴れると思うんだよね、あたし」

「以前にも増してドンヨリしてて悪かったな」

俺の冷めた目線をものともせず、左右を行き来して「行こうよお」と甘えてくる香。

甘えるなら父か母にしろと言いたくなったが、香の言葉に納得できる部分もあった。ここ最近外出するといえば既往喰いの調査で、夏休みらしいことは何もやっていないのだ。香と行くというのはすごく残念な感じだが、確かに気分転換にはなるだろう。

「わかったよ。行こうか」

「え、マジで⁉　やったっ！」

香は嬉しそうにぴょんぴょんと飛びはねる。

「だったらさ！　着ていくのは浴衣《ゆかた》のほうがいいよね⁉」

「まあ、そのほうが夏らしくはあるな」

「お兄ちゃんも浴衣《ゆかた》で行こうよ。ほら、昔買ったやつがあったでしょ？」

「そんなものあったか？　というか、俺でも忘れてるようなことをよく覚えてるな」

「えへへ、あたし、お兄ちゃんの浴衣《ゆかた》姿見たい」

「お前って、本当に変なもんが好きだよなあ」

香は非常に鬱陶《うっとう》しい性格なのだが、感情をストレートに口にできる部分はとてもうらやましいと思うことがある。

欲しいものは欲しくて嬉しいものは嬉しい。

そんなふうに素直に感情を表現できれば、俺の人生も少しは変わっていたのかもしれない。

やはり香と霧島は似ていると思った。

そして、もし俺が香のような性格だったら、霧島とこんなふうにならずにすんだのだろうか、とも思った。

パソコンの電源を落として、席を立つ。

窓から見える空はすっかり茜色《あかねいろ》に染まっていた。

*

駿河神社夏祭りと同じ日に開催される花火大会「坂江世界花火師競技会」は、坂江市が主催するイベントで、世界一の花火師の座をかけて戦う競技会でもあった。

夏の夜空をキャンパスに芸術の花を咲かせる競技会を近くで見るためにはチケットが必要で、毎年会場付近はチケットを購入できなかった観客で溢《あふ》れかえっている。

そんな坂江世界花火師競技会にあやかろうと、会場近くの町では同日に夏祭りを開催するところが多い。発端は違えど、今や駿河神社祭りもそのひとつだった。

「はあ……」

駿河神社へと続く市道を歩きながら、俺は満天の星に向かって重苦しいため息をついた。

その理由は、昔買った浴衣《ゆかた》を無理やり着ることになったから、というわけではない。

香に誘われて来てはみたものの、夏祭りは気晴らしどころの話ではなかった。

駿河山の山頂付近にある駿河神社は一応駐車場が用意されているが、数えるほどしか車が停められないため、それを知っている駿河町の住民は当然のように徒歩で向かうことになる。

夏祭り後のごみ処理が大変だという文句はあっても、駐車場を増やせという文句がないのは、多分、神社まで歩くのはそれほど苦にならないからだろう。現に、周りを見れば、今回も多くのひとが徒歩で神社に向かっている。

だが、苦にならないのは、健康な普通の人間の話なのだ。

神社まで歩くのは、左足に爆弾を抱えている俺には相当な試練だった。

「はあ」

俺の隣を歩く香が、死んだような目で俺と同じようなため息を漏らした。

香が着ているのは、ピンクの水玉模様の可愛《かわい》らしい浴衣《ゆかた》だった。栗色の髪もひとつに纏《まと》めていて、いつもよりぐっと大人っぽくなっている。

夏祭りに対する気合いの入りようが窺《うかが》い知れる。

そんな姿とはうらはらに、香が心底つまらなそうにしているのにはわけがあった。

日が落ちるまで「神社まで歩くのも楽しいよね」なんて無邪気に笑っていたのだが、出発する直前――夏祭りに行きたいと母に伝えたときに香の空気は一変した。

「ほら、香も秀俊もしゃんと歩く」

たらたら歩く俺たちを鼓舞せんと背後から活《かつ》が入った。

俺たちの後ろにぴったりとついてきている、香とおそろいの水玉模様の浴衣《ゆかた》を着た母だ。

「……お兄ちゃん、なんでママがついてきてるの？」

「なんでって、そりゃあ、俺たちがまだ未成年だからだろ」

周りには、未成年らしき集団の姿もちらほらある。夏祭りは特別だと許可してくれる家庭は多いのだろうと思う。

だが、杉山家はそうはいかなかった。夏祭りに行くなら同伴で、と母がふたりで出かけることを許可しなかったのだ。

「マジ最悪。ママに言わずにこっそり出てくればよかった」

「いや、それは無意味だと思うぞ。母さんの格好見ろよ。こうやって浴衣《ゆかた》を用意してるところを見ると、言わなくても絶対来てる」

しっかり浴衣《ゆかた》を着ているあたり、母は単純に夏祭りに行きたかっただけなのだろう。

唯一の救いは、父が今日も仕事で家を留守にしていたことだ。

父までついてくるなんてことになっていたら、俺はすぐさま参加を辞退していた。

「それにしても」

と、母が何気《なにげ》なくぽつりと口を開いた。

「秀俊も香も浴衣《ゆかた》がよく似合ってるわね。特に香はいつも変なTシャツばっかり着てるから、似合うのか心配だったけど……うん、すごく可愛《かわ》い」

「……え？」

浴衣《ゆかた》を褒《ほ》められたからなのか、香の表情がいくらか明るくなった。

「可愛《かわい》い？　あたし、大人っぽい？」

「うん、大人っぽい。昔のお母さんにそっくり」

母にそっくりというのが褒《ほ》め言葉なのかどうかは聞かないことにしたが、どうやら香には褒《ほ》め言葉に聞こえたようだった。

「ねえねえ、ママって夏祭りによく行ってたの？」

「そりゃあねえ。だって、パパと出会ったのは駿河神社の夏祭りだったし」

「ええっ⁉　ママとパパって駿河神社の夏祭りで出会ったの？　なにそれ、超聞きたい！」

香はすっかり目を輝かせて、母のそばへと飛び移った。

さっきまで人生の終わりみたいな顔をしていたのに、褒《ほ》められた途端にこれなのだ。

若い頃の父の話で盛り上がる母と香を一瞥《いちべつ》し、俺は山頂を目指す人の流れに身を任せてゆっくり足を進めることにした。

祭りの前の高揚感というものなのだろうか。周りの空気が浮ついているように思えた。自分も浴衣《ゆかた》を着ているのに、すごく場違いな感じがする。

左膝に違和感を覚えたのは、そんなときだった。

家を出てまだ十分足らずだが、どうやらもう俺の膝が悲鳴をあげはじめたらしい。

「秀俊、足大丈夫？」

母が不安げに声をかけてきた。

気がつけば、先程まで後ろにいたはずの母と香の姿が前方にあった。左足を気にしながらゆっくり歩いていたからか、いつのまにか俺は追い越されていたことに気づいていなかった。

「ん、平気。休みながら行くから、香と先行っていいよ」

「いやいや、なに言ってるのお兄ちゃん。あたしたちが合わせるから」

「いや、いいって」

気を使われるのが嫌だった俺は、少し語気を強めてそう言った。

家族とはいえ、変に気を使われるくらいだったら、置いていかれたほうがましだ。

「……わかった。じゃあ、神社で待ってるから」

さすがに俺の性格をよく知っている母は、少し躊躇《ためら》いを見せたものの、そう言って香の手を取った。香はすごく悲しげな目で見ていたが、俺は「早く行け」と顎《あご》で合図した。

「まったく、情けないいな」

母と香の後ろ姿を見ながら、俺はため息をついた。

一年前だったら、駿河神社くらいの距離、準備運動で走りきることができたのだ。

それが今やこの体《てい》たらく。

走るどころか、少し歩いただけで悲鳴をあげる膝を疎《うと》ましく思う。

そして、ふと、ここ最近は事故や怪我《けが》のことが頭から消えていたことに気がついた。

既往喰いの取材に忙しかったからだろうかと考えたが、少し違うような気がした。

そもそも、どうして俺はあれほど本気で既往喰いのことを調べていたのだろう。記事を仕上げなければ退部になってしまうというのはあるが、本気でやる必要なんてなかったはずなのだ。

河原崎に任されたマシロタイムズの特集記事を素晴らしい記事にするためだろうか？

それとも、事故に遭《あ》った人生を既往喰いに食べてもらいたかったからだろうか？

その両方な気もするし、どちらでもない気もする。

「……痛ッ」

左膝がずきりと疼《うず》き、俺は思わずその場にうずくまってしまった。

雨が降る前日や冬の朝に時々痛むことはあるが、これほどの痛みは久しぶりだ。ここ最近外出することが多かったから、疲れが溜《た》まっていたのだろうか。

俺はとりあえず少し休憩するために人の波に逆らって路地に入った。ちょうど座れそうなコンクリートブロックがあったのはラッキーだった。

ブロックに腰をおろし、膝を両手で覆いながら、先ほど歩いていた道をぼんやりと見た。俺と同じくらいの年代のグループに、カップルらしき男女、それに家族連れ。

誰もが、とても楽しそうだった。

取り残されているような気がしたのは、膝のせいでネガティブになっているからに違いない。

「――秀俊くん？」

だから、薄暗い路地に俺の名前がふわりと浮かんだような気がしたのは、その寂しさが生む錯覚なのだと思った。

「やっぱり秀俊くん、だよね？」

「……え？」

それが幻聴ではないとわかったのは、路地に誰かが立っていることにようやく気がついたときだった。そこには、俺がよく知る人物がいた。

「……霧島？」

ようやく暗闇に慣れた俺の目に、驚いたような表情でこちらを見ている霧島が映る。

なぜこんなところに霧島がいるのだろうかとしばらく考え、彼女の姿を見て納得した。

霧島は俺と同じ浴衣《ゆかた》姿だった。オレンジの花柄模様に、少しレトロな感じがするデザイン。なんだかすごく霧島らしい。とても似合っていて……とても綺麗《きれい》だと思った。

「どうしたの秀俊くん、こんなところで」

「いや、家族と夏祭りにさ」

目の前で屈む霧島は、憂心《ゆうしん》を抱いているような面持《おもも》ちで俺を見ている。

俺は咄嗟《とっさ》に膝のことを悟られまいと、伸ばしていた足を元に戻した。

だが、その動作で霧島は、俺がここにいた理由を理解してしまったようだった。

「もしかして膝、痛むの？」

「痛むってほどじゃない。少し休んでただけだ」

「冷やす？　私、冷却シート持ってるよ」

そう言って霧島は、ハンカチに包んでいた冷却ジェルらしきものを取り出した。

「いや、大丈夫」

「……あ、ゴメン。使っちゃってるやつだけど、まだ冷たい……と思う」

「いや、そういうんじゃなくて、俺の膝って慢性的なやつだから、逆に温めなくちゃだめなんだ」

よく間違えられがちなのだが、慢性的な痛みは血流が阻害《そがい》されている可能性があるから、温める必要がある。しかし捻挫《ねんざ》や打撲《だぼく》の場合は炎症が起きているため、冷やす必要があるのだ。

「え、そうなんだ、知らなかった」

「霧島でも知らないことがあるんだな」

「そりゃあ、あるよ。わからないことだらけだもん」

霧島の声のトーンがいくらか落ちた。

瞬間、霧島との間に沈黙が降り、道のほうから聞こえる楽しげな声だけがうっすらと漂う。

　気まずくなってしまった俺は、とりあえず頭に浮かんだどうでもいいことを続けた。

「どっちかわからないときは患部を触ってみるといいよ。炎症が起きていたら温かいし、逆だったら冷たい」

「へえ、なるほど。さすがは元陸上選手だね」

　瞬間、左膝にひんやりとした何かが触れた。

　何が起きたのかわからなかったが、どうやら霧島が俺の膝に触れたようだった。

「う〜ん、わからないや」

「えーっと、それは多分、霧島の手が冷たいからだと思う」

「……あっ、冷やしちゃだめなんだったね」

　ゴメン、と霧島は慌てて手を引いた。

　少し冷えてしまったにもかかわらず、膝の違和感が和《やわ》らいだ気がした。

　多分、先程から俺の心臓が破裂するのではないかという勢いで全身に血液を送り出しているからだろう。

「というか、霧島こそこんなところでなにやってんだよ」

「ん、奈々穂と一緒に来たんだけど、ちょっとはぐれちゃって」

「なんだそりゃ。ひとが多いって言っても、矢尻《やじり》ほどじゃないだろ」

矢尻というのは、坂江世界花火師競技会の会場がある町のことだ。あそこの混み具合と比べれば、ここは空《す》いているほうだ。

「うーん、そうだよね。もしかすると私、方向音痴《おんち》を発動しちゃったのかも」

「前々からそんな感じはしてたけど、千代さんの家に行ったときに発動しなくてよかったよ」

「そうだね」

霧島は小さくクスクスと笑った。

不思議な光景だった。こうやって霧島と話していることに現実味がなかった。

あの日、踏切の前で霧島が見せた表情は今でも瞼《まぶた》の奥にしっかりと刻まれているし、ここ数日の苦悩もまだ色あせていない。俺と霧島の間には、いまだに深い溝があるはずなのだ。

だがこうして笑う霧島を見ていると、そんなものははじめからなかったのではないかと思ってしまう。

このまま何事もなかったように、あの日のことは過去のこととして流すことができるのではないか――

「霧島」

でも、そう思うからこそ、俺はしっかり言葉にすることにした。

「その……この前はゴメンな」

「……え？」

その瞬間、霧島は目をまんまるく見開いた。

「い、いやさ、この前、霧島にすごく酷いことを言っちゃったって、俺、ずっと後悔していたんだ。それで、簡単に許せるようなことじゃないとは思うけど、その……なんだ、やっぱり霧島に謝りたくてさ」

はっきりいって、ぐだぐだだった。

言いたいことはまとまってなかったし、しどろもどろでうまく伝わったのかはわからない。

もっとちゃんと整理してから言葉にするべきだった。

そう思ったのだが――

「馬鹿」

静かに、霧島は言った。

「本当に秀俊くんは馬鹿だ。秀俊くんのことを考えてなかったのは私で、謝るのは私のほうなのに」

そう言ったときの霧島の表情は、多分一生忘れられないと思う。

霧島は長い間縛《しば》られていた呪縛《じゅばく》からようやく解放されたような、待ち焦《こ》がれていたものがようやく手に入ったような、安らかで、穏やかな表情をしていた。

もしかすると、霧島も俺と同じようにずっと悩んでいたのかもしれないと思った。

相手に酷いことをして、どうしていいのかわからなくて、人生の失敗は簡単には挽回《ばんかい》できないと自分に言い聞かせていたのかもしれない。

だから霧島は、せめてもの罪滅ぼしのために、嫌っている父親にＳＮＳ乗っ取り事件について俺に話すように頭を下げたのだ。

素直に嬉しかった。霧島も俺と同じように悩んで、どうにか関係を修復させたいと思っていたことがとても嬉しかった。

「まあ、俺が相当な馬鹿なのは自覚してるけど、そういう霧島も負けず劣らずだと思うよ」

「……そうだね。私たちって、似た者同士なのかもね」

そうして似た者同士の俺たちは、笑いあった。

いつの間にか膝の違和感は、すっかり消えてなくなっていた。

膝のことを考えるとこのまま引き返したほうがいいと思ったが、お互い家族が待っているという理由で神社に向かうことになった。

俺は内心ほっとした。

このまま霧島と別れて家に帰るなんて、考えただけで胸が張り裂けそうだった。霧島も「帰ろう」とどこか言いづらそうにしていたので、もしかすると俺と同じ気持ちだったのかもしれない。

そんなことを考えている自分に笑ってしまった。

霧島に会って、俺のことを嫌っているわけではないと知っただけでこの有様《ありさま》なのだ。母に褒《ほ》められて機嫌を良くした香のことをとやかく言える立場ではない。

*

俺と霧島はひとの流れに身を任せ、ゆっくり神社へ向かった。

市道から山道に入ったあたりで、祭りに協賛しているらしき会社の名前が書かれた提《ちょう》灯《ちん》が道の両脇に現れはじめた。提灯《ちょうちん》の明かりは神社へと続く道をぼんやり浮かび上がらせていて、すごく幻想的に見えた。

「秀俊くん、夏祭りって好き？」

隣を歩く霧島が何気《なにげ》なく訊《たず》ねてきた。

「うーん、正直なところあんまり興味なかったんだよな。ひとが多くてゴミゴミしているからさ」

「……うっわ、正直に答えちゃったよ」

「え？」

何か間違った返事をしてしまったのかと驚いた俺は、霧島の顔を見る。

霧島は呆《あき》れるように笑っていた。

「あのね、女の子にそう聞かれたときは、興味がなくても『好き』って答えとくもんなんだよ。そうすると、女の子は『やったあ！　自分と共通点があった！』って勝手に嬉しくなっちゃうから」

「え、そうなのか？　でも、ウソついて大丈夫なのか？」

「本当の答えなんか求めてないよ。優しいウソってそういうもんだ」

「優しいウソ、か。なるほどね」

感心していると、なにやらいい香りが鼻腔をくすぐった。

周りを見れば、駿河神社へと続く山道にちらほらと屋台が出ているのが見えた。

たこ焼きにイカ焼き、焼きトウモロコシにお好み焼き——中には行列を作っている屋台もあった。

「ねえ、秀俊くん、夏祭りっぽいことやろうよ」

「夏祭りっぽいこと?」

「うん。あれ」

霧島が指差したのは、祭りの定番と言える金魚すくいだった。

「いいけど俺、金魚すくいなんてやったことないぞ」

「大丈夫、私にまかせて」

自信ありげに霧島は言う。俺は仕方なしに霧島の後を追って、屋台へ向かった。

俺の中で金魚すくいと言えば、青い桶《おけ》に放たれた金魚をすくうというイメージだった。

だが、そこにあった金魚すくいの水槽は、底からライトアップされたアクリル製で、楽しんでいる子供たちの顔がよく見える。金魚すくいも随分お洒落《しゃれ》になったなあと感心してしまった。

「ねえねえ、秀俊くん」

名前を呼ばれて隣を見れば、水槽の明かりに照らされた霧島の嬉しそうな顔が浮かんでいた。その手には、いつのまにか小さなボールと小さな網が握られていた。

「金魚すくいのコツって知ってる？」

「コツ？　知らない」

「金魚すくいはポイの表面でやるのがいいんだ。ポイっていうのはコレのこと」

霧島が小さな網を俺に見せる。

「紙を貼ってるほうが表ね。ポイの厚さは四号から七号まであって、七号が一番厚いの。これは五号だから、薄いほうかな」

「へえ、すげえ詳しいのな」

「うん。私、夏祭りが大好きなんだ」

そう言って霧島は浴衣《ゆかた》の袖を上げると、獲物を狙う狩人のような目で水槽を睨《にら》む。

ふと河原崎から借りた手帳に書かれていたことを思い出した。

霧島が好きなものは和菓子に緑茶、夏祭り、日本テイストなもの全般。気合いの入りようを見る限り、手帳に書かれていたことに間違いはなさそうだ。

「俺は夏祭り初心者だから、色々勉強させてもらうよ」

「ん、まかせて。まず、金魚をすくうときはポイを水面と水平にしてこうやって……っと、あれっ？」

大きめの金魚を追いかけていた霧島の手が止まった。

手元を見ればポイに大きな穴があいていた。金魚すくいが得意なように思えたが、どうやらそうでもなかったらしい。

「お前って、意外と不器用なやつだったんだな」

「……いいかい秀俊くん。これが世に言う『弘法も筆の誤り』ってやつだよ。それをわざわざ私は体現してあげたの」

「まあ、そのポイ、五号で薄いほうだしな」

「そうそう、そのとおり」

「いつもはこうじゃない」と言いたげだったのでフォローしてやったら、霧島は気を取り直して財布から小銭を取り出した。リベンジするつもりなのかと思いきや、霧島は店主から受け取ったポイを俺に差し出す。

「え、何？」

「秀俊くんもやってみなよ」

「いや、百戦錬磨の霧島先生でもだめだったのに、俺が捕れるわけないだろ」

「大丈夫。ちゃんとアドバイスしてあげるから」

そんなに簡単にできるのかと疑心暗鬼で挑戦してみたところ、特にアドバイスをもらうことなく簡単に二匹も捕れてしまった。あっさり捕れてしまったのが不服だったのか、霧島は少し不機嫌そうな表情になったが、捕れた金魚を渡したら嬉しそうにしていた。

それから俺は霧島に連れられるがまま、屋台を巡った。

買ったイカ焼きが大きすぎたため、食べるのに四苦八苦している俺を見て霧島が笑い、チョコバナナで口の周りがチョコだらけになってしまった霧島を見て俺が笑う。

夏祭りはこんなにおもしろいものなのかと思った。

いや。そうじゃない。隣で笑う霧島がいるからだ。

「この階段を登ったところが、絶好の花火スポットなんだよ」

目の前の階段を見ながら霧島が言う。記憶にある、あの階段だ。

「それは俺も知ってる。昔そこで花火を見たんだ」

「……へえ、そうなんだ」

周りには同じように階段を登ろうとしている観客がたくさんいた。混み具合から見て、今から登ってもいい場所は取れないだろう。今から上を目指すのは、はっきり言って無駄だと思う。

だが、俺は霧島と階段を登りはじめた。

無駄だとわかっていても、霧島と行くのはきっと楽しいはずだ。

「昔はこんなに混んでなくて、すごく見やすかったんだけどなあ」

「二年前くらいから増えはじめたんだよな、確か」

「うん。雑誌で特集されてからすごく増えた。やっぱり世の中には、隠してたほうがいいってこと、あるよね」

「そうだな」

むしろ、隠しておいたほうがいいことのほうが多いのかもしれないと思った。

「知らないほうが幸せってこと、あるからな。さっき霧島が言ってたし」

「うん、優しいウソだね」

遠くから花火の音が聞こえた。多分、本番前の試し打ちだろう。

「あ、もう始まっちゃうのかな」

「まだ時間あるし、大丈夫だろ」

「始まる前に合流しないとまずいよね。秀俊くんの家族、上で待ってるんだよね?」

「……ああ、そうだ。すっかり忘れてた」

途中で母と香を先に行かせていたことを今更ながら思い出した。

もしかして心配しているだろうかと思ってスマホを確認したが、特に何も連絡は入っていなかった。置いてきた俺のことなんてすっかり忘れて、父とのなれ初め話で盛り上がっているのだろう。

「まあ、大丈夫だと思う。というか、待ってるのは霧島も同じだろ」

「ん。まあ、そうだけど、ね」

浮かない顔で霧島は言う。

その表情が意味することが俺にはすぐにわかった。

上に待ち人がいるのは同じだが、俺と霧島の違いは明白だ。霧島には、一緒に夏祭りに来る母親がいないのだ。

「そんな顔するなよ。俺んとこなんて、心配のメールすらしてくれないんだぜ？　膝が痛くて休みながら向かってるって知ってるのに。マジ最低だ」

暗く沈んでいた霧島の顔が、少し明るさを取り戻した。

「あはは、秀俊くんの家族に失礼だけど、それは酷いね」

「だろ？　俺もさっき聞いたばっかりなんだけど、両親はこの駿河神社祭りで知り合ったらしくてさ。俺そっちのけで、その話で盛り上がってるんだと思う」

「それって、ほんとに？」

「ああ、直接本人から聞いたから、間違いないと思う」

「いいなあ。それってすごくロマンチック。憧《あこが》れちゃうな、そういうの。出会うきっかけになった夏祭りに今でも一緒に行くなんて、素敵な関係じゃん」

「すまん。霧島の夢を壊して悪いけど、今日来てるのは母親だけなんだよな」

「……それは、あんまり素敵じゃないね」

いたずらっぽく霧島が笑い、つられて俺も笑ってしまった。

「秀俊くんの家も、お父さんは忙しいんだ」

「まあね。毎日会社と家を往復してるよ」

「お父さんと、仲が良くない？」

「良くないってわけじゃないけど、最近は全然話してないかな。昔は陸上のことで会話することがあったんだけどな」

「そっか、それは寂しいね。その気持ち、わかるよ」

この言葉で、俺ははたと霧島の顔を見た。

山形ノボルは「自分は娘に嫌われている」と言っていた。亡くなった景子さんのことを話したわけではないが、娘なりに何かがあったことに気がつき、母が死ぬ原因を作った自分を憎んでいると。

だが、俺には山形ノボルが言うほど、霧島は父親のことを嫌っていないように思えた。

もしかすると霧島は、皆が景子さんを思い出さないように、父親との間にわざと壁を作っているのではないだろうか。父親との会話の節々に景子さんの面影が出てくれば、昔のことを思い出してしまう。それは、とても辛《つら》いことだと思う。

俺も同じようなものかもしれない。

父との会話はほとんどが陸上のことだったが、父はいつもそれを楽しそうに聞いていた。だから怪我《けが》をした俺は、父との間に壁を作ってしまった。

皆が昔のことを思い出さないように、しっかりと蓋をしたのだ。

「秀俊くん、膝は大丈夫？」

「問題ないよ。霧島こそ、体調は大丈夫か？」

「うん、平気」

階段を登る周りの観客の足が遅くなった気がした。これ以上登ってもいい場所が取れないと気がつき、ここで見ようと思いはじめたからだろうか。

階段の脇に立っている警察官が、立ち止まらずに進むよう周囲に注意を促す。屋台の向こうに止まっているパトカーの赤色灯が、静かに暗闇に瞬《また》いている。

気がつけば、俺と霧島はまるでそうすることが当然のように、自然と手をつないでいた。

女性と手をつなぐ経験などなかったが、なぜかしっくりくる感覚があった。

「ねえ、秀俊くん、写真撮らない？」

「え？　写真？」

「そう。夏祭りの記念にさ」

「記念ねえ。別にいいけど」

「じゃあ」

霧島は手をつないでいる逆の手を俺の前に出した。

「……なに、その手」

「だって、秀俊くんのスマホのほうが綺麗《きれい》に撮れるでしょ？」

どうやら霧島は、俺のスマホで写真を撮ろうと言っているらしい。

そういえば、霧島のスマホは古い機種だった。確かに綺麗《きれい》に撮るなら俺のスマホのほうが断然いい。

「使い方、わかるのか？」

「大丈夫。学年一位程度の知識量はあるから」

自信ありげに語った霧島は、ぎこちない手つきでシャッターボタンを押した。

シャッター音が鳴った後、スマホ画面に映し出されたのは、俺と霧島の姿……ではなく、美しい星空だった。どうやら、自撮りができるフロントカメラに切り替えようとして、シャッターボタンを押してしまったらしい。

「……いや、先に星空を撮っておこうと思ってね」

霧島は言い訳じみたことを口にする。それが可愛《かわい》くて、俺は笑ってしまった。

「そうかそうか。星空綺麗《きれい》だもんな。ちなみにここを押したら、前のカメラに切り替わる」

「ありがとう。でも、最初から知ってたから」

「だよな。綺麗《きれい》な星空を撮りたかっただけだもんな」

俺たちはクスクスと笑いあい、もう一回写真を撮った。

フラッシュがついていないフロントカメラでも綺麗《きれい》に撮れるアプリを入れていたおかげか、写真はきちんと撮れていた。

「……うん、なかなかいいね。オッケー」

写真がうまく撮れているのか確認していたのか、霧島が満足げに頷《うなず》く。

霧島はさらに何かしてから、俺にスマホを返した。見ると、待ち受け画面に少し恥ずかしそうに笑っている俺と霧島の顔があった。

「あのなあ、こういうのやめろよな」

「いいじゃん。思い出だよ思い出。あ、解除したらだめだからね」

ふざけるなと言いかけて、俺の声は周りの観客が放った歓声の向こうに消えてしまった。

瞬間、それまで暗闇に包まれていた周囲の景色がぱっと照らされた。

何かと思って背後を見れば、黒く塗りつぶされている夜空に、まるで夏の向日葵《ひまわり》のような綺麗《きれい》な花が咲いていた。

「……見てるかい、秀俊くん」

「見てるかって……綺麗《きれい》な花火のこと？　それとも花火を見ながら、だらしなく口元を緩ませてる霧島のこと？」

「だらしなくない。これは、感動してるの」

次々と打ち上げられる花火は夜空を鮮やかに彩る。

俺と霧島は手をつないだまま、ただじっとその光景を見つめていた。

「秀俊くん、何か思うことはない？」

霧島がそう切り出したのは、夜空にしばしの静寂が訪れたときだった。

「思うこと？」

「うん、なんというか、懐かしいとかそういうの」

「そうだな……思ってたよりも、夏祭りっていいかもってことかな」

「夏祭りじゃなくて、花火だよ」

「え、花火の？　……ん～、前来たときのことは全然覚えてないからな」

「……そっか」

色が異なる二色の火の粉が尾を引きながら広がっていく。その花火が消えかけた瞬間、一斉にたくさんの小さな花火が夜空を埋め尽くした。

赤、緑、青……まるで黒い紙の上に絵の具を落としていくように、四方八方に花火が広がっていく。

「あの、さ」

と、そんな美しい花火の音にまざって聞こえたのは、霧島の声。

「私のお父さんから、死んだお母さんが既往喰いだって話、聞いたでしょ？」

「……え？」

俺は霧島の顔を見る。

一瞬、聞き間違いなのかと思った。

ぽかんとする俺の顔を見て察したのか、霧島は続ける。

「大丈夫。秀俊くんの聞き間違いじゃないから」

「霧島、もしかして既往喰いの正体、知ってたのか？」

「うん」

ありえないと思った。

霧島が俺に協力したのは既往喰いの正体がわからなかったからで、俺の取材に協力することで既往喰いに近づけると思ったからではなかったのか。

それに、もし既往喰いの正体を事前に知っていたなら、霧島はなぜわざわざ奈々穂さんや、千代さんに話を聞きに行ったりしたのだろうか。

「私、秀俊くんに謝らなくちゃいけないことがあるんだ」

俺の手を握る霧島の手が、少し強張《こわば》った気がした。

「謝るって……いつも失礼なことばっかり言ってゴメンって、さっき謝ってくれただろ」

「ううん。そのことじゃない。私は最初から、お母さんが既往喰いだって知ってたんだ。知っていて、知らないふりをしてた」

「それは……どうして？」

俺は静かに訊《たず》ねる。先日の駿河駅のときのような怒りはなかった。

「この前駿河駅で私が言ったこと、覚えてる？　私が秀俊くんに協力した理由ってやつ」

「俺と一緒にいたかったから……ってやつか？」

霧島はこくりと頷《うなず》いた。

「そう。あれは、本当なんだ。おしゃべりして、一緒にいて……秀俊くんに思い出して欲しかったんだ」

「思い出すって、何を？」

再び夜空に花火が上がった。どん、という体の芯《しん》に響くような音が空気を震わせる。

暗闇に浮かんだ霧島の顔は、とても、とても儚《はかな》く見えた。

「絶対に無理だとわかっていたけど、思い出して欲しかった。だから、奈々穂やおばあちゃんのところに行って、思い出すきっかけを探してたんだ。だけど」

「ちょっと待て霧島。お前、一体何のことを――」

そこで言葉を呑《の》み込んでしまったのは、頭が混乱しはじめたというより、何か悪寒に似た心のざわめきがあったからだ。

花火の明かりが辺りを照らす。花火に見惚《みと》れている観客たちの顔が暗闇に浮かんだ。

いつか見た夏祭り。その光景に、妙な既視感があった。

この光景を見たのは、いつだろう？　そもそも、そのとき俺は一体誰と夏祭りに来た？　この階段を登った先が一番綺麗《きれい》に花火を見られる場所だと――誰に教えられた？

舌の奥に苦い味があった。何かとても大切なことを忘れている気がした。絶対になくしてはいけない大切なことを、どこかに落としてきたような不安感があった。

そして、そのとき俺の脳裏をよぎったのは、あの夢のことだった。

見知らぬ女性にキスをされる夢。

そして、白い車にはねられる夢。

あの車は現実と同じものだった。だとするなら、あの女の子も現実の誰かなのではないか？

いつも向日葵《ひまわり》のような笑顔を見せる、あの人は――

「おい」

その瞬間、俺を現実の世界に引き戻したのは、聞き覚えのある男の声だった。

花火が上がり、階段に立っていた男の顔を照らした。

俺は見覚えがあった。

「……刈島、くん？」

霧島がそう言った。

なぜ刈島がここにいるのだろうという単純な疑問が俺の頭をよぎる。刈島とは住んでいる場所も違うし、同じ学区でもない。こんなところで偶然会うなんてありえないはずなのだ。

「杉山、なんでお前が霧島さんと一緒にいるんだ？」

いつか聞いた、敵愾心《てきがいしん》をむき出しにした刈島の声。

「なんでお前なんかが……霧島さんと仲良くしているんだっ！　既往喰いだって、俺のほうが詳しいのに、なんでお前なんだっ！」

そこで俺は先日の図書館でのことを思い出した。

先日、刈島は図書室で、俺と霧島は中学時代そんな仲ではなかったはずだと言った。ふたりは一緒に既往喰いのことを取材するような関係ではないだろう、と。

刈島は霧島のことを調べていた。霧島が夏祭りに来るということを、知っていたのだ。

こちらへ伸びてくる刈島の手が見えた。

その手を避けることができなかったのは、ちょうど花火の明かりが消え、辺りが深い暗闇に支配されていたからだと思う。

刈島の手が肩に触れた瞬間、俺はバランスを崩してしまった。

踏みとどまろうと後ろに足を伸ばしたが、俺の足は階段を踏み外して空《くう》を切る。刈島が青褪《あおざ》めているのが、一瞬目に映る。誰かが放った「あっ」という驚いたような声が聞こえた。

そして、目を丸く見開く霧島の顔が見えた。

「……秀ちゃんッ！」

霧島は、これまで呼ばれたこともない愛称で俺を呼んだ。

そんな名前で呼ばれたこともないし、呼ばれたくもない。

霧島にそう言ったのは、いつだっただろうか。

俺は咄嗟《とっさ》に霧島の手を離す。霧島のか細い指は、俺の手のひらから簡単にするりと抜けていった。

もう二度と霧島と手をつなぐことができない気がした。

その瞬間、走馬灯のように俺の頭の中にとある光景が浮かんだ。

なくしてしまっていた、大切なこと。忘れてしまっていた、大事なこと。

そうだ、俺は——

俺は去年の夏、霧島と一緒にこの花火を見たんだ。

第四章　記憶探し

気がついたとき、俺は見たこともない場所にいた。

遮光性が低いカーテンに区切られた部屋で、俺は小さなベッドの上に横になっていた。

ふと見た自分の左足に包帯が巻かれていることで、ようやくここが病院の病室であることに気がついた。

「お兄ちゃん！」

少しぼんやりする頭に甲高《かんだか》い声が響く。

カーテンを押しのけて俺の胸に飛び込んできたのは、妹の香だった。

「……香？」

「良かった……良かったよお！　やっと目をさましてくれた！」

抱きついてきた香の顔は、涙と鼻水でとても酷い有様《ありさま》になっていた。

酷い顔だなあなどとぼんやり考えながらも、俺にはなぜ香がこれほどまでに泣いているのかがわからなかった。

そもそも、どうして俺は足に包帯を巻いて病院にいるのか。

俺の身に何があったのか思い出そうとしたが、何も思い出せない。

「ああ、秀俊！　良かった！」

「秀俊！　気がついたか！」

香の後を追うように現れたのは、母と父だった。

「ああ、良かった。秀俊に何かあったらどうしようかって、もう心配しちゃって」

「ええっと、母さん、ちょっとわからないんだけど……俺はなんでここに？」

「まあ、事故に遭《あ》ったときのことは覚えてなくて当たり前なのかもしれないな。医者が言うには、頭を強く打ってしまったらしい」

父がそう言った。

「じ、事故？　俺が？」

「そうよ！　昨日事故に遭《あ》ってそのまま入院したの！　電話をもらって、もうお母さん驚いちゃって……」

母が言うには、俺は足を踏み外して階段から落ちてしまったらしい。そのときに左足を捻挫《ねんざ》して頭を打ち、気を失ってこの病院に運び込まれたという。

「階段って、どこの？」

「駿河駅の階段よ！」

「……え？　駿河駅の、階段？」

母の言葉に首をかしげてしまった。

事故に遭《あ》ったとき……というよりも、昨日の記憶がまったくないため、その話が本当なのかどうかはわからない。

けれど、駿河駅の階段から落ちたという言葉にどうにも違和感があった。

「部活で学校に行くって言ってたでしょ。覚えてない？」

「部活って、新聞部の……？」

マシロタイムズの取材をしていたのは覚えている。だが、どういう理由で昨日学校に行く必要があったのかはわからない。

もう一度じっくり昨日のことを思い出そうとしたが、頭の中に霞《かすみ》がかかっているようで、やはり思い出せない。

いや、思い出せないどころか――

「俺って新聞部で何を取材してたんだっけ……？」

昨日のことや、新聞部の取材のことを思い出そうとすると、後頭部がじんじん痛む。

頭の中の一部がすっぽりと抜け落ちてしまっているような嫌な感覚があった。

「もしかすると、頭を打ったから一時的な記憶障害になってるのかも」

そう言ったのは、じゅるじゅると鼻をすすっている香だ。

漫画じゃあるまいし、そんなことがあるものなのかと思ったが、事実として記憶の一部が欠損してしまっているようなので、あながち間違いではない気もする。

「最近あちこちに行ってたのは覚えてる？　パソコンでも何かやってたみたいだけど」

「それは覚えてるよ、母さん。夏休み明けに出す校内新聞のために取材してたんだ。何を取材していたのかは覚えていないけど」

「だったら、パソコンを見れば思い出すんじゃない？　取材してた何かが残ってるかもしれないし」

「……あ、そうか」

何を取材していたのかは覚えていないが、取材したメモはパソコンに残していた気がする。

母が言うとおり、パソコンに残っているメモを見れば、それがきっかけで記憶が蘇《よみがえ》るかもしれない。

「とりあえずこれから頭の検査をして、問題なかったら退院だ。準備ができたら看護師が来るようだから、秀俊はしばらく休んでいなさい」

そう言って父は、俺の飲み物を買いに病室を出ていった。

それから俺は、母や香と一緒にしばらく病室で待ち、頭部のCT検査と問診をした。

記憶がなくなっているのは「一過性健忘症」ではないかと、医者は言った。

「一過性健忘症」というのは、脳の海馬《かいば》の血流に障害が生まれることで、一時的に記憶が抜けてしまうものらしい。症状が現れて検査をしても異常は見つからないが、二、三日後に頭に影が見られるのが特徴だという。発症しても特に治療は行わず、すぐに良くなるケースがほとんどだとか。

階段から落ちたときに捻挫《ねんざ》した左足もしばらくは痛むことがあるが、骨に異状があるわけではないので問題ないという。

ということで、俺はその日のうちに退院することになった。

検査で問題なければ退院だと言われたが、本当にすぐ退院になるなんて少し驚いた。

病院というのはひっきりなしに病人が訪れるため、常に病室はパンク状態だという。意識を取り戻して問題ないとわかった患者は、病院としても早く退院してほしいのだろう。

手続きを済ませて病院を出た俺を出迎えてくれたのは、肌に刺さるような夏の太陽だった。夏も折り返し地点を過ぎて涼しくなりはじめるはずなのに、うんざりしててしまう。

そんなことを考えているときに、ふと大切なことを病院の中に忘れてきてしまったような不安感がよぎった。

何か病室に忘れ物をしただろうかと確認してみたけれど、特に思いあたる物はなさそうだった。

「お兄ちゃん？　どしたの？」

「……ん、いや、なんでもない」

どうやら気のせいだったらしい。その不安感はすぐに消えた。

俺はこちらを見ていた香の頭を撫《な》でると病院に背を向け、父の車がある駐車場へと向かった。

＊

母が言っていたとおり、家のパソコンには俺が書いたと思《おぼ》しき取材メモがかなり残っていた。

どうやら俺が調べていたのは「記憶喰い」という怪人で、マシロタイムズで特集する予定だったらしい。

記憶喰いは、既往喰いが年月を重ねる中で変化していった名前だ。

既往喰いは人生の一部を食べて、食べた人間の人生をリセットしてくれるという。

その存在がとても魅力的に思えた。事故に遭《あ》って走れなくなった俺の人生をリセットしてもらえれば、また走れるようになるかもしれないと思ったからだ。

しかし、そんなことを考えている自分につい笑ってしまった。

そういったものが実在するわけがない。それに、もし実在するなら俺の前に現れていてもおかしくない。なにせ、夢の中でもあの車にはねられるほど、ジョギングに出たことを後悔しているのだから。

「……なんか前にも似たようなことを考えてた気がするな」

妙な既視感があったが、俺は無視してメモを読み進めることにした。

メモにはこれまでインタビューをしてきた取材対象者の名前が綴《つづ》られていた。その中で俺の目に止まったのは、取材に協力してくれていたという人物だった。

「霧島、野々葉……？」

多分女性の名前だろうが――まったく聞き覚えのない名前だった。

この野々葉さんという人物は、過去に既往喰いに会って人生の一部を食べてもらった経験があるらしい。彼女の協力を得て彼女の妹と祖母、そして彼女の父親（山形ノボルと書かれているが、小説家の山形ノボルなのだろうか）に取材を行い、既往喰いにつながる証拠を掴んだというのだ。

既往喰いにつながる証拠とはなんなのだろう。

それが気になった俺は、「記憶喰いについて」と書かれたフォルダに入っていた多くのメモデータを、ひとつひとつ確認していった。

主に取材してきた内容についてのメモ書きだったが、その中で「景子さんの手記」というメモに衝撃的なことが書かれていた。

既往喰いは一年前に亡くなったらしい野々葉さんの母親、景子さんだったというのだ。

メモには既往喰いのルーツから、既往喰いの能力についてのことまでが事細かく書かれていた。

既往喰いは他人の幸せな出来事や不幸な出来事を食べて、自分の人生の一部にするという。

メモには既往喰いに関すること以外にも、野々葉さんについて多くのことが書き残されていた。

彼女は心臓に持病を抱えていて、さらには母親を亡くすという不幸を抱えていたのにそれをおくびにも出さず、いつも明るく笑っていた。

その事実を知って、俺の中で彼女のイメージが一八〇度変わったようだ。印象が変わることとで、過去に野々葉さんがやってきたことのすべてが彼女の魅力に変化したらしい。

それを読んで、何か心がざわついたような気がした。

下腹にきゅっと締めつけられるようなうずきがあったのは、なぜだろうか。

「これで終わりか」

パソコンに残っていたメモはそれですべてだった。どうやらマシロタイムズの原稿データは残ってはいないようだ。多分、集めた事実をどうまとめていいか悩んでいた、というところなのだろう。

それもそうだと思った。人生を食べる既往喰いなる怪人が実在するなんて、真面目に書いても鼻で笑われて終わりのはずだ。

しかし、と俺はメモの山を見て億劫《おっくう》になった。

原稿がないということは、これからその記事を書かなければならないということなのだ。

「……メモだけじゃなくて、ちゃんと原稿まで終わらせとけよな。マジで使えないやつだな俺って」

そうして疲労感を覚えてふと時計を見れば、いつのまにか二時間が経過していた。

少し休憩するかと冷蔵庫から大好きなスポーツ飲料フルツインを取り出し、リビングのソファーに腰掛ける。香がパソコンを使っていいかと聞いてきたので、席を譲ることにした。

生ぬるい扇風機の風にあたりながら、俺は先程のメモに書かれていたことを思い返す。

既往喰いのことも気になったが、野々葉さんのことがどうにも気になってしまった。

メモには野々葉さんのことを「鬱陶《うっとう》しいクラスメイト」と書いてあった。

だが、そんな名前の女子生徒はクラスにいない。何かがすっぽりと抜け落ちてしまっている自分の記憶力を信じるならば、の話だけれど。

「記憶が信用できないんだったら、実際に目で確かめるか」

そう考えた俺は、部屋にクラス名簿のようなものが残っていないか調べることにした。

一年のときからクラス替えはしていないため、クラス名簿が残っている可能性はある。

二階に上がって部屋のドアを開けた瞬間、むっとした空気が体にのしかかってきた。

部屋着が脱ぎ散らかされているところを見ると、一昨日、何かがあって急いで部屋を出ていったのかもしれない。

閉め切った部屋の時間は昨日から止まったままのような気がした。そんな部屋に入れば記憶が蘇《よみがえ》るのではないかと思ったが、残念ながらそんなことはなかった。

そして、とりあえずクラス名簿を探そうと思ったとき、俺のスマホが着信を告げた。

誰かと思ってスマホの画面を見れば、新聞部部長、河原崎の名前が出ていた。

『あら、杉山くん？』

開口一番、河原崎は残念そうにそう言った。

「いきなり『生きてて残念だわ』的な口調で俺の名前を呼ぶのはやめろ」

名前を呼ぶだけで相手をゲンナリさせることができるなんて、やはり河原崎は凄《すご》いやつだ。

『あら、心外ね。そんなことは微塵《みじん》も思っていないわ。こうして電話したのだから、杉山くんを心配している気持ちもほんの少しはあるのよ？』

「ほんの少しかよ。でもありがとう」

『礼には及ばないわ。それにしても、私を驚かせるなんて杉山くんもやるわね』

「……？　どういうことだ？」

『集合時間になっても来ないから、すっぽかして寝ているのかと思って電話してみたのだけれど、まさか階段から落ちて病院に運ばれていたなんて』

河原崎が言うには、昨日の駿河神社の夏祭りに新聞部の部員で集まって行く予定になっていたらしい。眞白学院前を待ち合わせ場所にしていたのだが、時間になっても俺が現れなかったため電話をしたところ、事故に遭《あ》った旨を母に伝えられたという。なるほど、学校に向かっていた理由はそれだったというわけだ。

『それで、具合はどうなのかしら？』

「頭を打って『一過性健忘症』っていう一時的な記憶喪失になってるっぽいけど、怪我《けが》自体はたいしたことなかった。左足を捻挫《ねんざ》したくらいだ」

『そう。階段から落ちて捻挫《ねんざ》だけで済んだのは不幸中の幸いね。ああ、そういえば杉山くんにお金を五千円ほど貸していたのだけれど、いつ返してくれるのかしら？』

「……知ってるか河原崎、そういうのは詐欺《さぎ》っていうれっきとした犯罪なんだぞ」

『ところで杉山くん、マシロタイムズの進捗はどう？　特集する記事については覚えているのかしら？』

河原崎は俺の言葉を華麗にスルーし、そんなことを言った。

油断も隙《すき》もあったものではないと、俺はため息をひとつはさむ。

「まあ、記憶がなくなってて焦《あせ》ったけど、パソコンに取材のメモが残ってたからよかったよ。特集するのは『記憶喰い』だろ？　調査は終わってるんだけど、記事はまだ手をつけられてない。悪いけど、もう少しかかりそうだな」

メモをまとめて記事に起こす作業を想像して、俺はもう一度憂鬱《ゆううつ》になってしまった。

これは、他の部員に協力を得ないといけないかもしれない。刈島のやつに頭を下げるのはごめん被りたいが、他の部員なら——

そう考えた矢先だった。

『……一体何を言っているの？』

しばし沈黙をはさみ、河原崎は少し困惑しているような声で答えた。

『もしかすると、杉山くんは頭を打って、前以上に阿呆《あほ》になってしまったのかしら』

「前以上に阿呆《あほ》ってなんだよ。何か変なこと言ってるか？」

『マシロタイムズの特集記事の件よ。さっき、「特集するのはナントカ」って言ったでしょう？』

「え？　特集するのは、今ネットで話題になってるっていう、記憶喰いだろ？」

メモには確かにそう書かれていた。

『どうやら冗談で言っているわけではなさそうね。一過性健忘症から生まれる記憶の混《こん》濁《だく》という感じなのかしら』

「記憶の混濁《こんだく》？」

『一応言っておくけれど、マシロタイムズの特集記事は、杉山くんが提案してくれた

「坂江市の心霊スポット十選」よ?』

「……え?」

河原崎の言葉を聞いた瞬間、全身から血の気が引いていくような悪寒があった。

「ちょ、ちょっと待て」

俺は部屋を飛び出すと、香が使っている家族共用パソコンへと急いだ。「なんだなんだ、横取りか!」と喚《わめ》く香を押しのけ、デスクトップに残っていたメモを開く。

メモには間違いなく「マシロタイムズの特集、記憶喰い」と書かれていた。

だが——

「あれ?」

パソコンの画面をスクロールしていた俺の指が止まった。

開いたウインドウの後ろ、デスクトップの端に、名称未設定のフォルダがあったのだ。

こんなところにフォルダなんてあっただろうか。香が作ったものかと思って訊《たず》ねてみたが、ふてくされた顔で「そんなの知らない」と返された。

河原崎とつながったままの携帯を片手に、俺はおそるおそるそのフォルダを開く。

瞬間、ぞくりと悪寒が走った。

そこには河原崎が言うとおり、俺が取材したと思《おぼ》しき坂江市の心霊スポットに関する取材メモが入っていたのだ。

『……杉山くん？　大丈夫？』

しばらく無言になっていた俺を心配したのか、河原崎がポツリとつぶやくように言った。

「あ、ああ、ゴメン。やっぱりちょっと頭が混乱しているみたいだ」

『そのようね。事故に遭《あ》ってまだ時間がたっていないから仕方がないと思う。原稿に詰まったら連絡してちょうだい。私か他の部員が協力するから』

「わかったよ、ありがとう」

河原崎に礼を言って電話を切ったが、俺の耳に河原崎の言葉は入ってきてはいなかった。

なぜパソコンに違う題材の取材メモが残っているのだろう。

記憶喰いが心霊スポットに関連するのかとも思ったけれど、どうにも違う気がする。記憶喰いの取材メモは、あきらかに記憶喰いだけを題材にした内容だ。

「マジでどうなってんだ」

頭が混乱してしまった俺は、パソコンを香に明け渡し、ふらふらと自分の部屋へと戻った。

しんと静まり返った部屋の空気が何かとても恐ろしく思えた。見慣れているはずの俺の部屋が、見知らぬ誰かの部屋のような気がする。

そのとき、ずっと握りしめていたスマホが小さく震えた。

ホーム画面には、メッセージアプリの新着を告げるウインドウが表示されている。

その画面を見て心臓がびくりとはねた。それは、河原崎がわざわざ「皆が心配しているから新聞部グループで無事を報告しなさい」と言ってくれたからではない。

告知ウインドウの後ろ、待機画面に見覚えのない写真が設定されていたのだ。

「な、なんだこの写真」

その写真には、見覚えのない女性と俺が一緒に写っていた。俺に寄り添うように、清《せい》楚《そ》という言葉が似合う黒髪の美しい少女が恥ずかしそうに笑っている。

「……あれ？」

突然スマホの画面がぐにゃりとひしゃげたように思えた。

これが涙によるものだと気がついたのは、頬に滴《したた》る熱いものを感じたときだった。

「……え？　なんで俺、泣いてるんだ？」

わけがわからなかった。

見知らぬ女性の写真を見て、なぜこれほどまでに涙が溢《あふ》れてくるのかわからない。

だがこの写真を見ると、離れ離れになってしまった大切なひとを思うような心の軋《きし》みがあった。

ずきずきと、胸の奥底が疼《うず》いている。

彼女が野々葉さんなのだと直感した。

俺と野々葉さんは、少なからずつながりがあった。だから、こんな写真を撮っていたのだ。

彼女を探せば、抜け落ちた記憶のことがわかるかもしれない。

この霧島野々葉という女性を探そう――

スマホの画面の中で少し恥ずかしそうに笑う彼女の笑顔を見ながら、俺はそう決心した。

＊

「……あんた、何してるの？」

静かな部屋の中に、どこか呆《あき》れ返っているような冷めた声がふわりと広がった。誰だと思ってふと顔を上げてみれば、洗濯カゴを片手に持った母の姿が部屋の入口に立っていた。

「何って……何が?」

「いや、押入れの中身をひっくり返して、何をしてるのかなあと」

そう訊《たず》ねる母の顔はどこか不安げだった。

そんな心配になるほどかと思って周囲を見渡してみたけれど、確かに不安になってしまうくらい周りには色々なものが散乱していた。

昔の写真が入ったアルバムに、陸上のトレーニングウェア。箱を開けることなく押入れ行きになったプラモデルに、古いテレビゲームの本体。それに、昔使っていた携帯電話。

頭を打って病院に運ばれた息子が、帰ってくるやいなや、押入れの中身を部屋中にぶちまけているのだ。もし俺が母親だったら、もう一度病院につれていくかもしれない。

「それで、何してるわけ?」

「いや、ちょっと中学校のアルバムを探してて」

「アルバム?　卒業の?」

「そう。中学校と高校が一緒だったクラスメイトがいて、そのひとの住所を知りたくて同窓会名簿が載ってる卒業アルバムをずっと探してるんだけど、見つからなくてさ」

会ったことがない野々葉さんをどうやって探すかと考え、真っ先に思いついたのが、彼女の家を訪ねることだった。

最初に探したのは一年のときのクラス名簿だった。発見した名簿には確かに「霧島」の名前があったが、個人情報守秘の観点からか、住所も電話番号も掲載されていなかった。

そして、次に探したのが中学校の卒業アルバムだ。

既往喰いの取材メモには「中学時代は特に仲がいいわけではない、ただのクラスメイトだった」と野々葉さんとの関係が書かれていた。卒業アルバムに添付された中学同窓会名簿になら、野々葉さんの自宅住所が記載されているだろうと踏んだのだ。

「中学校の卒業アルバムって、押入れの中に入れてたよね？」

「どうだったかしら。でも、押入れになかったんだったら本棚にあるんじゃない？」

「え、本棚？」

確かに探していたのは押入れの中だけだ。

しかし、あまり開いた記憶がない中学校の卒業アルバムなんて本棚に入れるだろうか。

「見つかったらちゃんと片付けなさいよ」

「わかってるって」

去り際に残していった母の小言を聞き流して、俺は本棚を端から確認していく。

本棚には新聞部の活動に必要だと河原崎に無理やり買わされた日本新聞年鑑にはじまり、中距離走ランナーのトレーニング法がまとめられた陸上競技入門書、それに、オリンピックの代表になったランナーのエッセイ本。

そして——母が言っていたとおり、探していた中学の卒業アルバムがあった。

「……マジであったよ」

どうしてこんなところにあるのかというのが正直な感想だった。元々頻繁《ひんぱん》に見るものではないし、必要と思ったことは卒業以来一度もなかった。

しかし、たまには母の言うことを信じてみるものだなあなんて思いつつ、俺はアルバムを手に取り、アルバムをぱらぱらとめくっていく。

同窓会名簿は確か巻末にあったはず。

「霧島野々葉……あった」

記憶にない同級生、霧島野々葉の名前は俺と同じクラスの中にあった。

住所はここから三〇分ほどのところにある山根団地。裕福な家が多く立ち並ぶ団地だ。

ひとまずその住所をスマホにメモした後、俺はページをめくって自分のクラスのページを開く。

「やっぱりこのひとだ」

アルバムの野々葉さんは、浴衣《ゆかた》を着ているあの写真の女性を少し幼くした雰囲気《ふんいき》だった。

俺と一緒に写っていたのは間違いなく野々葉さんだ。

俺と野々葉さんは同じ中学に通っていて、眞白学院に進学した。多分、その部分に偽りはないのだと思う。

だが、どうして彼女に関する記憶が何もないのだろう。

関わりがなかった相手でも、写真を見れば「ああ、こういうやつがいたな」と思い出すのに、野々葉さんに関してはそれがない。

不思議に思いつつ、俺はもう一度最初からアルバムを遡《さかのぼ》った。

学校の写真に教師の写真。クラスの紹介に続いて、部活動の紹介がはじまった。陸上部には俺の顔もあった。嫌な思い出だ。この写真を撮ったときは、まさか一年もたたずに走ることができなくなるなんて思いもしていなかった。

「……あれ？」

と、部活紹介に続き、学校の行事紹介がはじまってすぐ、ページをめくる俺の手がぴたりと止まった。

多分、秋に行われたマラソン大会の写真だろう。

野々葉さんと一緒に楽しそうにカメラに向かってピースサインをしている俺の写真があったのだ。

「なんだこれ。野々葉さんとはまったく関わりがなかったんじゃないのか？」

既往喰いのメモに残された野々葉さんとの関係。

中学の頃は接点のないただのクラスメイトで、偶然同じ高校の同じクラスになってから話すようになったと書いてあった。

だけど、この写真を見る限りそんなふうには見えない。

メモとの齟齬《そご》は、どういうことなんだ？

他のページに同じような写真がないか探してみたが、俺と野々葉さんの関係がわかるような写真はなかった。

他に中学の頃の写真は残っていないだろうか。そう考え、ふと部屋の中に視線を送ったとき――

「……あ、昔の携帯」

押入れの中に残っていた、機種変更する前の携帯。

中学校の頃は陸上に明け暮れていたからあまり期待はできないけれど、もしかしたら携帯に一枚や二枚は写真が残っているかもしれない。

俺はすぐさま部屋の真ん中あたりに放置していた昔の携帯を手に取る。

少し古いスマートフォンタイプの携帯。ＵＳＢ端子でパソコンにつなげば中に残っているデータを見ることができるだろう。

その足でリビングに戻ったところ、香は椅子の上で三角に足を折ってパソコン画面に食いついていた。

ちらりと画面を見たところ、「広めよう、俗信・都市伝説！　これできみもオカルトマニア！」というウェブサイトのタイトルが見えた。

「なあ香、少しパソコンを使わせて欲しいんだけど」

「……」

返ってきたのは妙な壁を感じる沈黙。

つい先程、河原崎から電話がきたときに強引にパソコンを奪ってしまったことを思い出した。

嫌な予感が脳裏をよぎる。

「か、香？」

「……何？」

振り向いた香がこちらへと向けたのは、鋭く尖《とが》った言葉と冷ややかな視線だった。

「あ、あのさ、ちょっとこの携帯の中身を確認したくて、パソコン使わせて——」

「やだ」

最後まで言い切る前にばっさりと否定し、ぷいとパソコンの画面に視線を戻す香。

こうなってしまった香を懐柔《かいじゅう》するのは困難を極める。時間による関係回復を待つのであれば一週間はかかってしまう。

そんな余裕なんてない。

俺はやむなく、一瞬で関係を修復する魔法の言葉を使うことにした。

「モンブランのショートケーキふたつ」

「ちょっと休憩したかったところだし、使っていいよっ！」

香は一瞬の間もあけず、満面の笑みでひょいと椅子から飛び降りた。

本当に花より団子を地で行く現金な妹だ。

呆《あき》れを通り越しつつ、古いスマホとパソコンを接続する。

バッテリーが切れていたために少し時間がかかったが、接続されたスマホの中に眠っていた写真データがモニターに映し出された。

「あ、あった。というか、撮った写真放置してたのかよ」

そういえば、クラウドサービスというのがなんなのかわからず、連絡先を消してしまったことを思い出した。

連絡先を抹消《まっしょう》してしまって放置していたが、どうやら写真は残っていたらしい。

写真に写っているのは、見覚えのある黒髪の少女だった。髪の毛が伸びてぐっと大人っぽく見えるが、間違いなく野々葉さんだ。

読み込んだ写真は数十枚ほど。

大抵が中学の陸上部関係のものだったが、その中で三分の一ほどが野々葉さんの写真だった。

学校の屋上でふざけているような写真もあったし、ジャージを着て一緒にランニングをしている写真もあった。

俺と野々葉さんは無関係なただのクラスメイトというわけではない。

むしろ――見方によっては、友達以上の関係のようにも見える。

「どうなってんだ、一体」

やはり、俺の記憶や残されたメモと食い違っている。

マシロタイムズで特集する内容も違っていたし、中学校の頃の俺と野々葉さんの関係も違っていた。これは、駅で頭を打って記憶がなくなっただけではない気がする。

考えられるのは、家族や河原崎が一緒になって俺をだましているということだけれど、それこそありえない話だ。そんなことをして何になるというのだ。

「う〜む……」

いくら考えても答えが見えなかった俺は、とりあえず写真をすべてパソコンに取り込んでスマホとの接続を解除した。

電子音がパソコンから放たれ、スマホの中身を表示していたウインドウが消える。

そして、取り込んだデータを確認しようと写真が保管されているピクチャーフォルダを開いたときだった。

「……ん？」

フォルダに保管されている写真が多い気がした。

画面をスクロールしていけば、俺が取り込んだ数十枚の写真の他に見たこともない写真が保存されていた。

「なんだこれ」

母が撮った写真かと思った。

けれど、すぐに違うと気づいた。

母も父も、このパソコンを使っていないのだ。

「ということは、香か？」

そういえば、前にブログを書いていると香が言っていた。

パスワードで保護していて、誰も見ることができないという書く意味がよくわからないブログ。そこにアップする写真を保存しているのだろうか。

いつもであれば、香の写真などに興味をそそられたりはしない。どうせオカルト系の映画関連のものだろうし、ブログもそういったものに違いないからだ。

しかし、気がつけば俺は写真の一枚をクリックしていた。

その写真が画面に大きく映し出された瞬間、俺はひゅうと息を呑《の》んでしまった。

写真に写っていたのは、俺と香、そして野々葉さん――

どうして野々葉さんの写真がこんなところにあるのか。それも、俺や香と一緒に撮った写真が。

俺はひとつひとつ慎重に開いては閉じるを繰り返していった。

一通り確認してみたが、先程の写真以外にそれらしきものはなかった。

とするならば、香のブログはどうだろうか。

「香のブログのＵＲＬは……あった、これか」

家にあるパソコンがこれ一台だったため、香の秘密のブログを発見するのは簡単だった。

香がブックマークにブログを登録していたのだ。

さらに幸運だったのは、ブログのIDとパスワードをパソコンに記憶させていたこと。俺に「誕生日をパスワードにするなんて」とさんざん馬鹿にしているくせに、自分もセキュリティは甘々だったらしい。

画面に表示された香のブログには、ネットで見つけたオカルトサイトや発見した都市伝説系の書籍、ホラー映画の批評が綴《つづ》られていた。

そしてそれらの記事の最後、つまり最初にアップされた記事は、写真の保管場所になっていた。

俺はその記事をおそるおそるスクロールしていく。

この中に衝撃的な写真が入っているかもしれないと思うと、俺の心臓はばくばくと破裂しそうなほどに高鳴っていった。

そうして、ページの半分ほどまできたとき、マウスを握った俺の指がぴたりと止まった。

そのときの驚きは、言葉では表現できないくらいのものだった。

浴衣《ゆかた》を着た俺と野々葉さんが、笑顔でこちらを見ている写真――

日付から推測するに、夏祭りに行く前に香が撮ったものだろう。もしかして、俺のスマホの待ち受けになっていた写真と同じ日に撮ったのかと思った。

だが、違った。

その写真をアップした日は、あろうことか一年前だったのだ。

「……ど、どういうことだ？」

絶対にありえない、と思った。

この日、俺が夏祭りに行けるわけがないのだ。

なにせこの日の朝——俺は交通事故に遭《あ》って、入院することになったのだから。

得も言われぬ恐怖がこみ上げてきた。

野々葉さんと取材していたマシロタイムズの題材。

中学校の頃の野々葉さんとの関係。

行けるはずのない夏休みの写真。

そして、消えた野々葉さんとの記憶。

「まさか、消えたのは……野々葉さんとの『関係』？」

ふとそんな言葉が浮かんだ。

どう表現すればいいのかわからないけれど、野々葉さんとの関係がなかったことになっているのではないか。

だから、中学校の頃の思い出や、去年と今年の夏祭りの思い出がなくなっている。

つまり、俺と野々葉さんは「出会わなかったこと」になっているのだ。

「いや、ありえないだろ。そんな映画みたいな話」

頭を打っておかしくなったのか、と自嘲してしまう。

そんな都市伝説みたいな話があるものか。

「都市、伝説……？」

ぞくりと悪寒が走った。

パソコンに残っていたマシロタイムズの取材メモを思い出した。

俺と野々葉さんが調べていたという、都市伝説。

「人生を食べる怪人、既往喰い……」

ありえないけれど、そう考えればすべてに納得がいく。

既往喰いに人生を食べられたから、野々葉さんとの思い出も記憶もなくなって、彼女に「出会ってなかった」という人生になっているのではないか。

ということは、俺はいつの間にか既往喰いと行き会い、人生を食べられた。

既往喰いに人生を食べられた人間はその出来事が人生からなくなり、なかったことになるとメモに書いてあった。

それを考えると、俺は既往喰いに二度人生を食べられたことになる。これなら、メモと中学の写真の矛盾《むじゅん》も解消される。

一度目は、香のブログにあった去年の夏祭り。

そこで人生を食べられたから、野々葉さんと「仲が良かった事実」と「無関係だった事実」が同時に存在している。

そして二度目は、俺のスマホに残っている先日の夏祭りだ。

そこでも俺は既往喰いに会い、人生を食べられ「高校のクラスメイト」だった野々葉さんとの関係が「ただの他人」になった。

だから、俺の記憶から野々葉さんがいなくなった。

とするならば。

既往喰いの正体は一人しか考えられない。

その二回の夏祭りに関係している人物だ。

＊

駿河町は周囲を山で囲まれている自然豊かな町だ。

だが、俺はそれを喜ばしいことだと思ったことはあまりない。どこに行くにしても起伏の激しい道が多くて膝に負担がかかるし、夏場は蝉《せみ》の大合唱でうるさいことこの上ないからだ。

案の定、この日も山はひっくり返るほどの蝉《せみ》の声で溢《あふ》れていた。

夏祭りも終わって、夏は終わりに近づいているはずなのに、ここのところ猛暑が続いている。

そんな中、俺は家から歩いて三十分ほどの場所にある山根団地に向かっていた。

理由はもちろん、野々葉さんに会うためだ。

「……ここが野々葉さんの家か？」

同窓会名簿に書かれていた住所にあったのは、どこか懐かしさを感じる瓦屋根の和風スタイルの家だった。

小さな庭に雑木林のような植栽があって、すごくお洒落《しゃれ》な感じがする。山根団地は比較的裕福なひとたちが住んでいる場所だが、霧島家は周りの家と比較してもすごくお洒落《しゃれ》に見える。

本当にここであっているのかと、俺はスマホの地図アプリを確認した。

山根団地は昔に何度かジョギングで来たことはあるが、知り合いがいるわけではない。

つまり、まったく土地勘がないのだ。

「ここで間違いなさそうだな」

地図アプリが示している家は間違いなくここだし、メモしてきた住所とも相違はない。

それに、門扉《もんぴ》にある表札には「霧島」の名前が入っていた。

俺はスマホをポケットにしまうと、深く息を吸って気持ちを落ち着かせた。

もし野々葉さんが出てきたらなんと声をかけよう。「はじめまして」と言うべきなのか、「久しぶり」と言うべきなのか、悩んでしまう。

そんなことを考えていると、自分のやっていることが滑稽《こっけい》に思えてしまった。

もしかしたら、全部俺の見当違いで、野々葉さんはまったく関係のない人物なのかもしれない。

そんな不安に苛《さいな》まれた矢先、あろうことか、がちゃりと玄関が開いた。

「……あっ」

意表を突いた展開に思わずギョッとしてしまった。

玄関から出てきたのは、野々葉さんと同じくらいの年齢の少女だった。

だが、その少女が野々葉さんでないことはすぐにわかった。

「MINAMI　HIGH　SCHOOL」というロゴが入ったジャージを着たその少女は、野々葉さんと違い、ショートカットでどこかボーイッシュな雰囲気《ふんいき》だったからだ。

彼女がメモに残っていた野々葉さんの妹、奈々穂さんなのだろう。

こちらを見る奈々穂さんの目は、完全に俺を怪しんでいた。

郵便配達員でもセールスマンでもない若い男がインターホンを押そうとしているのだから、不審がられて当然だろう。

「は、はじめまして。杉山秀俊といいます」

「……あ、どうも」

彼女は小さく会釈し、こちらを見つめたまま続ける。

「父に御用でしょうか？」

「あ、いや、用事があるのは野々葉さんなのですが」

「お姉ちゃんに？」

奈々穂さんの表情が一瞬で曇った。下の名前で呼んだのがまずかったのだろうか。

俺は野々葉さんとの関係を説明するために、スマホに入っていた写真を見せることにした。

「野々葉さんとは中学時代のクラスメイトで、今日は同窓会の件でちょっと話があって」

「同窓会？」

スマホ画面を見る奈々穂さんはやはり得心《とくしん》がいかないような表情だ。

「この写真、いつ撮ったものですか？」

「ええっと……前の夏祭りかな」

「前の夏祭り？　お姉ちゃんが中学校の頃かな。なるほど。中学校を卒業して会ってないから、知らないんですね」

納得した、と言いたげに奈々穂さんは顔を上げた。

そして、どこか寂しそうに、奈々穂さんは言う。

「お姉ちゃんはここにはいないんです」

「……いない？　というと？」

「病院です」

「病院？」

風邪でもひいたのか、と思った。

だが、奈々穂さんの口から放たれた言葉は、まったく違うものだった。

「お姉ちゃんは、一年前に入院してからずっと病院なんです」

「え」

やかましく鳴いていた蟬《せみ》の声が一瞬途切れ、こんなに蒸し暑いのに背筋がひゅうと寒くなった気がした。

既往喰いは、他人の人生を食べて、己の人生とする——

メモに書かれていた既往喰いに関する情報が俺の頭に浮かんだ。

そして、俺は既往喰いの正体を確信した。

*

皮肉にも奈々穂さんから教えてもらった病院は、先日俺が入院していたあの病院だった。

これが偶然なのか必然なのかはわからない。

だが、俺はようやく真実に到達できた気がした。

野々葉さんは中学時代に重い病を患《わずら》い、この病院に入院したという。メモに書き残されていた人生とはまったく違う人生を、野々葉さんは送っているようだった。

受付で面会の手続きをしたとき、看護師の女性から「面会できるかどうかはわからない」と言われた。聞けば患者が重病の場合、本人か家族の謝絶意思があると、面会ができないらしい。

それでも俺は野々葉さんがいる病室へ向かった。

野々葉さんの病室は六階の南側だった。ドアが開け放たれていたその病室は、個室で日当たりもよく、窓の外には美しい坂江市の山々が広がっていた。

しかし――俺は、そんな眺めに感動することなく、ベッドで横になっている少女の姿を見て絶句してしまった。

写真で見せていた元気な野々葉さんの姿はそこになかった。

眠っている野々葉さんの右手はいくつも点滴がつながり、口元にはまるでそれが彼女の消えかけている命をつなぎとめているかのような酸素マスクがつけられていた。

「なんだ、君は？」

立ちすくんでいた俺を見て、ベッドの横に座っていた男性が立ち上がった。

彼の姿に俺は驚きを隠せなかった。

雑誌やネットで写真を見た記憶がある。名前を見たときにまさかと思ったけれど、やはり野々葉さんの父親は小説家の山形ノボルだった。

「君は、誰だ」

山形ノボルは訝《いぶか》しげな表情を浮かべる。

厳《いか》つい雰囲気《ふんいき》に思わず気圧《けお》されてしまいそうになる。

「あ、ええっと……自分は野々葉さんの友人で」

「友人？」

「はい。中学校のときのクラスメイトで、杉山秀俊といいます」

「中学？　なぜ今頃中学の同級生が——」

そう言いかけて、山形ノボルは一瞬野々葉さんのほうを見て、咳払《せきばら》いをはさんだ。

「外で話そう」

山形ノボルは病室の外に出るよう、俺を促した。

きっと面会はできないことを伝えるつもりだろうと思った。

病気がどれほど重いものなのかわからないけれど、それが命に関わるものだというのはひとめでわかった。野々葉さんのことを思えば、引き返すのが普通だろう。

だけど、俺はこのまま帰るつもりなんてなかった。

「野々葉さんの病気はそんなに重いのですか？」

病室を出て彼がドアを閉めた矢先、先手を打つ形で俺は切り出した。

山形ノボルは一瞬驚いたような顔を見せ、じろりと睨《にら》みつける。

「君は野々葉の容体のことも知らずに来たのか」

「す、すみません。その……野々葉さんの病気のことは最近知りまして」

山形ノボルの気迫にすっかりやられてしまった俺は、しどろもどろでそう答えた。

しばし沈黙が流れ、山形ノボルの口からひとつ、ため息が漏れた。

「座って話そう」

廊下の奥、自動販売機の前にあった椅子に俺たちは腰を下ろした。

「お茶でいいかね？」

「……え？」

「野々葉の見舞いに来てくれた礼だ」

「あ、ありがとうございます」

しんと静まり返った廊下に、自動販売機の音が響く。

野々葉さんの病室の向こうで、点滴のスタンドを持った老人がゆっくり歩いているのが見えた。

「筋萎縮《いしゅく》性側索硬化症という病気を知っているか？」

冷えたお茶のペットボトルをこちらに差し出しながら、山形ノボルはそう切り出した。

「いえ、知らないです」

「簡単に言えば、少しずつ全身の筋肉が動かなくなってしまう病気だ。有効な治療法がない、特定疾患《しっかん》にも認定された指定難病のひとつだ」

「筋萎縮《いしゅく》性側索硬化症」は四肢《しし》や体幹の筋だけではなく、呼吸器など全身のあらゆる筋力が低下する原因不明の不治の病だと山形ノボルは言った。

今の野々葉さんは、人工呼吸器をつけるまではいかないものの、酸素マスクを使って酸素を供給してもらわなければだめなほど、状態は悪いらしい。

「ゆえに面会はできない。君が来たことは私が伝えておくから、お引き取り願えないだろうか」

「それは……できません。今日、どうしても野々葉さんに話したいことがあるのです」

山形ノボルの表情が強張《こわば》ったのがはっきりとわかった。

「面会できるかできないか、それを決めるのは野々葉であり、保護者である私だ。せっかく見舞いに来てくれた娘の友人を手荒に追い返したくはない。どうかこのまま――」

「どうしても、既往喰いの件で野々葉さんと話がしたいのです」

瞬間、山形ノボルは大きく目を見開いた。

「どうして君が既往喰いのことを知っている？」

「実は以前、俺は貴方《あなた》に既往喰いについて取材をしています。そこで、亡くなった景子さんが既往喰いだったことを教えてもらいました」

既往喰いの件を山形ノボルに話したのは、家のパソコンにあった取材メモに「山形ノボルは既往喰いのことを知っていた」と書かれてあったからだ。

山形ノボルは妻である景子さんが既往喰いだということを知っている。だとするなら、今日俺がここに来た理由をちゃんと話せば、理解してもらえると思ったのだ。

「君に会うのははじめてだと思うのだが」

「ええ。記憶にないと思います。俺にもありませんから」

「……まさか、私に会った証拠が残っていた？」

「はい。家のパソコンにメモが残っていました」

そうして俺は、一昨日からのことを山形ノボルに話した。

駅の階段から落ちて頭を打ったこと。家のパソコンに既往喰いに関する取材のメモがあったこと。取材対象が事実とは異なっていたこと。

そして、会ったことがない野々葉さんと行った夏祭りの写真が残されていたこと。

すべてを聞いた山形ノボルは静かにうなだれると頭を抱えた。まるで、そんなはずはないと自分に言い聞かせているように。

「そうなのではないかと薄々は思っていた」

ぽつりと絞《しぼ》り出すように山形ノボルは言う。

「景子の血を引く野々葉に同じ能力があっても不思議じゃない。だが、そうは思いたくなかった」

「やっぱり、野々葉さんにも既往喰いの力があるのですか？」

「わからない。だが、病に侵されていない野々葉を君が知っているのであれば……きっとそういうことなのだろう」

野々葉さんは他人の人生を食べて、自分がその不幸を背負った。

瞬間、胸が苦しくなり、罪悪感に押しつぶされそうになった。

間違いなく野々葉さんが食べたのは、俺の人生に起きた不幸なのだ。だから野々葉さんは背負った不幸で苦しんでいる。

「私は誰を恨《うら》むべきなのだろうか。既往喰いの能力を娘に遺伝させた景子か。それとも不幸を背負ってしまった野々葉か。それとも……野々葉の前に現れてしまった君か」

うなだれたまま、山形ノボルは言う。

だが、その言葉には苦々しい怒りや敵意が滲《にじ》む怨嗟《えんさ》の色は見えなかった。

おもむろに山形ノボルは顔を上げ、手にした缶コーヒーを一気に飲み干した。

そして、しばらく天を仰《あお》いだ後、静かに続ける。

「野々葉に会って、どうするつもりだ」

「ことの真相を訊ねます」

「真実を聞いてどうする？」

「わかりません。ですが、このまま……このまま野々葉さんに会わずに、何もせずに終わってしまうのだけは嫌なんです」

俺はなんの取り柄《え》もないただの高校生だ。野々葉さんが患《わずら》っている難病の治療法を確立する頭なんて持ち合わせてないし、海外の医者を連れてくるお金があるわけでもない。

会ったとしても、何かができるわけではない。

けれど、それでも俺は野々葉さんに会わなければならない気がした。

「わかった」

じっと俺を見つめ、山形ノボルは言う。

「私はここで待つ。何かあったらすぐに声をかけなさい」

そう言ってくれたのは、きっと山形ノボルが愛した相手も既往喰いだったからだろう。

もし立場が逆だったなら、山形ノボルも同じ行動を起こしていたはずだ。

「ありがとうございます」

俺は椅子から立ち上がると、山形ノボルに深く頭を下げた。

そして、野々葉さんがいる病室の扉をゆっくりと開いた。

*

「野々葉さん」

俺は静かにベッドへと近づき、おそるおそる彼女の名前を呼んだ。

酸素を送り出している機械の呼吸音だけが部屋の中に広がる。

眠っているのだろうかと思った瞬間、ゆっくり野々葉さんの瞼《まぶた》が開いた。

「……杉山くん？」

状況が上手く掴めていないのだろうか。その目は次第に大きく見開かれ、激しく瞬《またた》いた。

「ええと……野々葉さんのお父さんにお願いして、ここにいる」

「どうして、私がここにいることを？」

「俺の家のパソコンに既往喰いのメモが残ってたんだ。それで、野々葉さんのことを知って……家まで行った」

「私の家？」

「そう。ちょうど奈々穂さんが出てきたところで、野々葉さんの身に起きたことを教えてもらったよ」

「そっか。会うのは……中学以来だもんね。私の病気のこと、知らなくて当然か」

「……え？」

野々葉さんの口から放たれた言葉に、しばし呆然としてしまった。

「杉山くんは高校でも陸上頑張《がんば》ってるの？」

「あ、いや……その、陸上はやめたんだけど……」

「え、ウソ。本当に？　陸上はやってないの？　どうして？」

「そ、それは」

俺は思わず言い淀《よど》んでしまった。

一体どういうことなのだろう。

まさか、野々葉さんは俺のことを覚えていないのか。俺の不幸を食べて、俺の人生がリセットされたから、俺との思い出も記憶も全部なくなってしまったのだろうか。

大きな不安がのしかかる。

だが、あのメモに書かれていたことを思い出し、すぐにそんな考えは頭から消した。

「……そういうのやめろよな」

「え？」

「野々葉さんは俺のこと、覚えているはずだろ？　既往喰いが人生を食べたとき、食べられたほうはすべてを忘れてしまうけど、食べた既往喰いは覚えているはずだ」

それは、既往喰いのメモに残されていたことだった。

既往喰いは覚えているはずなのだ。食べた相手の人生のことも、食べた相手とどんな思い出を作ったのかも。

しばし深い沈黙が病室を支配する。野々葉さんは肯定も否定もせず、ただじっと俺のことを見つめるだけで、何も言葉を返さなかった。

「野々葉さんと俺は、一緒に夏祭りに行った」

「夏祭り……って、なんのこと?」

「この写真を撮った一昨日の駿河神社の夏祭りだ」

スマホに残っている写真を野々葉さんに見せる。

「ここで俺は何かしらの事故か事件に巻き込まれた」

「……知らない」

「じゃあ、こっちはどうだ。一年前、同じ夏祭りに行く前に俺の妹が撮った写真だ」

続けて俺は、香のブログに載っていた写真を見せた。一年前に撮られた、笑顔でこちらを向いている俺と野々葉さんの写真。

一瞬、野々葉さんの顔が歪《ゆが》んだように見えた。

「既往喰いは、野々葉さんだろ？　野々葉さんは去年の夏祭りと今年の夏祭りで俺の人生を食べた。食べて……俺の不幸を背負ったんだ。違うか？」

再び沈黙が降りる。

野々葉さんはしばらく写真と俺の顔を交互に見た後、小さくため息を漏らした。

「……違わないよ。大正解」

深く息を吸い込みながら、野々葉さんは言った。

表情には、どこか安堵《あんど》しているような感じがあった。

「杉山くん……ううん、秀ちゃんの言うとおり。私は他人の人生を喰らう、既往喰い」

その告白に驚きはなかった。

むしろ、答え合わせのような感覚だった。

「野々葉さんは、お母さんからその能力を引き継いだのか？」

「受け継いだっていうより、代々西園寺家の長女は既往喰いの能力を持ってるんだ。千代ばあちゃんとお母さん。そして私」

「千代ばあちゃん……って、野々葉さんのおばあさんのこと？」

パソコンに残っているメモにその名前はあった。

俺は既往喰いを調査する中で、野々葉さんと一緒におばあさんの駄菓子屋に行っていた。

「そう。秀ちゃんは覚えてないだろうけど、西園寺家の玄関には子孫繁栄とか長生きするっていう願いを込めて、蜂《はち》の巣が置かれているんだ」

「それは、どうして？」

そう訊《たず》ねたら、野々葉さんは嬉しそうに笑った。

「……どうした？」

「ううん。あのとき、おばあちゃんの家でも同じ質問されたから」

どうにも気まずくなって、俺は鼻の頭をかく。

自分でも知らない一面を知られているような気がして、少し恥ずかしかった。

そんな俺の姿を見て、野々葉さんは弱々しく肩を揺らして、続けた。

「蜂《はち》の巣を置いているのは、西園寺家の長女が代々短命だからだよ。既往喰いの能力者はいつの時代も、一番大切なひとの不幸を食べて命を落とすんだ。千代ばあちゃんは例外だけどね」

「一番大切なひとの不幸って……」

俺はメモに残っていた景子さんの話を思い出した。

景子さんは、夫の不幸や知人の不幸を目の当たりにして苦しんでいた。

「もしかして野々葉さんのお母さんは、お父さんの不幸を食べて亡くなった？」

「お父さんの不幸だけじゃない。お父さんの不幸と一緒に、それまで見捨ててきたひとたちの不幸も食べたんだ。本当のところは死んじゃったお母さんしかわからないけど」

どんな人生を誰から食べたのかは、既往喰いしか覚えていない――それが既往喰いのルール。

「野々葉さんは先天性の心疾患《しんしっかん》を患《わずら》っていたとメモに書いてあった。野々葉さんのお母さんはどうしてそれも食べなかったんだ？」

「私が拒否したの。私のせいでお母さんが不幸になるのは嫌だったから」

深く息を吸い込み、野々葉さんは続ける。

「お母さんと同じように私にも既往喰いの能力があることがわかって苦しかった。他人の不幸なんて食べたくなかったし、かといって幸運を食べたくもなかった。だって、幸運を食べるってことは、相手の人生から幸せな出来事が消えるってことになるでしょ？　そんなの、自分が不幸になるよりも嫌。だから、私は他人との関わりを避けていた。中学校の頃は半分引きこもりになって、学校を休みがちになってた」

「学校を休みがち……？」

そこで俺は思い出した。

そういえば中学校の頃、学校で配られていたプリントをジョギングがてら誰かに送り届けていた。一体誰に届けていたのかすっかり忘れてしまっていたが、あれは――

「もしかして俺は、中学校のとき野々葉さんの家に行っていたのか?」

「うん。トレーニングの一環だから気にするなって言って、君は私の家に毎日来てくれたんだ」

プリントがある日もない日も。晴れの日も雨の日も。

最初は鬱陶《うっとう》しかったが、日を追うごとに「今日学校でこんなことがあった」と俺に話してもらうのが楽しみになったと野々葉さんは言う。

「私は君に救われたんだよ? こんな能力を持った私を気にかけてくれるひとがいるんだってことが、嬉しかったんだ」

「気にかけてるんじゃなくて、トレーニングしたかっただけかもしれない」

「それでもいい。だって、私が学校に行かなかったから、秀ちゃんはそのトレーニングができたわけでしょ?」

「まあ、ポジティブに考えると、そうだな」

そして、俺と野々葉さんは仲良くなっていった。

しばらくして野々葉さんは、俺と会うために学校にも行くようになったらしい。

俺は奈々穂さんとも仲良くなって、祖母の千代さんがやっている駄菓子屋にも遊びに行ったことがあるという。

そして、俺が特待生として眞白学院に進学することが決まって、野々葉さんも眞白学院に進学することを決めた。

「実を言うとね、去年の夏祭りで……私、秀ちゃんに告白するつもりだったんだ」

「え」

恥ずかしそうに野々葉さんは言った。

「屋台をまわって、おいしいものを食べて、夏祭りの帰り道で感謝の気持ちと想いをぶつけるつもりだった。だけど、それはできなかった」

「それは、どうして？」

「秀ちゃんは大怪我《おおけが》を負っちゃった。車にひかれそうになった私を助けて」

心の奥底にしまいこんでいた思い出したくない記憶を引きずり出すように、野々葉さんは言った。

相手は飲酒運転だったと野々葉さんは言う。

夏祭りが終わった帰り道、駿河町の公民館前の横断歩道を渡っていたとき、白い軽自動車が赤信号で突っ込んできたらしい。

その車にはねられそうになった野々葉さんを助け、俺は大怪我《おおけが》を負った。

左足を切断するという、今の俺よりも酷い怪我《けが》だった。

「既往喰いの能力を使えば秀ちゃんはもう一度走れるようになるかもしれない。だけど、私が原因で起きてしまった事故だから、秀ちゃんを助ければ私との思い出も、私のことも全部忘れてしまう。すごく悩んだ。悩んで……私は君にキスして事故にあった人生を食べたんだ」

「キ、キス？」

「そう。相手の不幸を食べるには、対象者の頬にキスする必要があるの。私は秀ちゃんにキスしたあと、先天性の心疾患《しんしっかん》を患《わずら》っている女子高生っていう人生を歩むことになったんだ。今の秀ちゃんは……覚えていないだろう……けど」

野々葉さんは苦しそうに顔をしかめた。

咄嗟《とっさ》にナースコールをしようかと思ったが、野々葉さんに制止された。

「大丈夫。少し休めば……平気だから」

「止めないで」と言う野々葉さんになんと返せばいいかわからなかった。今の俺にできるのは、ただ彼女の言葉に耳を傾けることだけだった。

「リセットしたのに秀ちゃんがまた事故に遭《あ》っちゃったのは、多分私のせいなんだ。だって、はじめての既往喰いだったでしょ？　他人の不幸を背負うことが怖くなって、不幸を食べ残しちゃったんだと思う。ほんと、ゴメンね」

「いや、そんなこと……謝ることじゃないだろ。謝るのはむしろ俺のほうだ」

「それこそ秀ちゃんが気にすることじゃないよ。秀ちゃんの不幸を食べたのは私の意思で、私がやりたかったことなんだから」

ゆっくりと息を整え、野々葉さんは続けた。

「眞白学院で同じクラスになったのは、偶然だった。もしかして私とのことを思い出してくれるかもしれないって思って、ずっと話しかけてたんだ」

「霧島は鬱陶《うっとう》しいクラスメイトだった」とメモに書かれていたことを思い出す。

そのときの野々葉さんのことを思うと、胸が張り裂けそうになった。自分は覚えているのに、相手は全部忘れてしまっているのだ。記憶をなくす前の俺がそのことを知っていたら、きっとショックを受けていただろう。

治療は終わっていて、もう日常生活には問題ないと言っていたけれど、俺の不幸を背負った野々葉さんは遠くない未来、心臓の病で命を落とす可能性が高かったらしい。だから、思い出して欲しいと思う一方で、忘れたままのほうがいいのかもしれないと悩んだ。

「だけど、私は思い出して欲しかった。それは、私のわがままで、秀ちゃんにとって酷いことなんだけど……どうしても思い出して欲しかったんだ」

だから野々葉さんは、俺が既往喰いのことを取材すると知ったとき協力しようと考えた。

一緒に思い出の場所を巡って、俺を奈々穂さんや千代さんに引き合わせることで、もしかするとなくなった記憶が蘇《よみがえ》るかもしれないと希望を持ったからだ。

「一昨日の夏祭りで偶然秀ちゃんと再会できたときは運命だって思ったんだ。去年と同じ夏祭りに行って、花火を一緒に観れば、きっと私のことを思い出してくれるはずだって思った。だけど――」

そこで待っていたのは、野々葉さんが夢見ていたことではなかった。

冗談みたいな話だけれど、俺は刈島に階段から突き落とされたらしい。階段から転落して頭を強く打った俺は、遷延性意識障害……いわゆる植物人間状態になったという。

そして、それを防ぐため二度目の既往喰いで俺の不幸を食べた野々葉さんは、以前よりさらに重い病を患《わずら》う人生を送ることになった。

俺はへたりこみそうになってしまった。

野々葉さんが不幸になってしまったのは、どう考えても俺のせいではないか。俺が野々葉さんに出会ったから、こんなことになってしまったのだ。

「野々葉さん、俺は」

「そんな顔、しないで」

こちらの考えを察したのか、野々葉さんは優しく言う。

「私は自分が不幸だなんてこれっぽっちも思ってなかったんだよ？　秀ちゃんとまた一緒にモンブランにも行けたし、おばあちゃんのところにも行けた。それに、夏祭りにも行けた。もうできないと思ってたことがいっぱいいっぱいできた。ねえ秀ちゃん、知ってる？」

野々葉さんはゆっくりと息を吸い、たおやかに続けた。

「今が幸せであれば、過去に起きた不幸は全部いい思い出に変わるんだ。秀ちゃんから食べたのはたしかに不幸だったけど、それがあったからこそ、もう一回秀ちゃんと思い出をつくることができたんだ。だから……だから、私は秀ちゃんの不幸を食べてよかったって、思ってるんだよ」

そう言って野々葉さんはすべてを言い終えたように、瞼《まぶた》を閉じると深く息を吐いた。

野々葉さんの口から聞けた、すべての真実。

病院で目が覚めて、なくなっていた記憶がなんだったのか、野々葉さんと俺はどういう関係だったのか、その答えにようやくたどり着いた。

けれど、答えにたどりついて得たのは、行き場のない喪失感だった。

病室の前で、山形ノボルが娘に会ってどうするのかと訊《たず》ねたことを思い出す。

俺は野々葉さんに会って、どうしたかったのだろうか。

彼女の想いを聞いて、どうするつもりだったのだろうか。

病室に静寂が降りる。

いつの間にか、窓から差し込む夕日が野々葉さんを茜色《あかねいろ》に染めていた。

「俺は」

沈黙を押しのけるように、俺はぽつりと切り出した。

「俺は、多分野々葉さんのことが嫌いだったんだと思う」

「……え?」

野々葉さんは驚いたような目で俺を見た。

「パソコンのメモに残ってたんだ。クラスメイトの野々葉さんはいつも絡んできて、デリカシーがなくてガサツで鬱陶《うっとう》しいって。だけど、既往喰いのことを調べる中で、野々葉さんのことを知っていく中で、俺は野々葉さんのことが好きになったんだ」

多分、野々葉さんに最初の既往喰いをされる一年前もそうだったのではないかと思う。

なにせあの頃の俺は、陸上のことだけを考えていた陸上馬鹿だったのだ。そんな俺がトレーニングそっちのけで、野々葉さんのために時間を使うはずがない。

俺は野々葉さんとどんな会話をしていたのだろうか。

一体どれくらい、彼女のことを大切に想っていたのだろうか。

「今が幸せだったら過去に起きた不幸は良い思い出に変わるっていうのは、確かにそうだと思う。だから――すべてを良い思い出にするために、野々葉さんは幸せにならないとだめなんだ」

野々葉さんは、自分は不幸ではないと言った。

もう叶《かな》えることができないと思っていた思い出を作ることができたから不幸を食べてよかったと。

でも、俺には野々葉さんが幸せだとは思えなかった。

「言ったでしょ秀ちゃん。私は不幸なんかじゃない。私には秀ちゃんとの思い出があるから――」

「だったらどうして笑わない？　本当に幸せだというなら、あの写真みたいに笑ってみせてくれ」

「……っ!?　そ、そんなこと」

簡単だとでも言いたげに、野々葉さんは酸素マスクの向こうで口角を釣り上げた。

だが、その笑顔はすぐに陰りを見せ、枯れた花のように萎《しお》れていく。

「わっ、私は……私は幸せなんだよ？　だって、秀ちゃんと……一緒にいられたから……最後にいっぱい、思い出を作れたから……」

でも――

悲痛の面持《おもも》ちで、野々葉さんは続ける。

「でも、できるなら……秀ちゃんとずっと一緒にいたいよ」

ひゅうと、野々葉さんが息を呑《の》んだ声が聞こえた。

それをきっかけに、野々葉さんの瞳から涙が溢《あふ》れ出す。

それは、ずっと押し殺してきた感情が一気に溢《あふ》れ出しているかのようだった。

気がつけば、俺は優しく野々葉さんを抱きしめていた。

今の俺には野々葉さんとの思い出はない。

だが、俺の中に残っている「食べ残しの記憶」がそうさせているような気がした。

「既往喰いが食べることができるのは、不幸だけじゃないんだよな？」

腕の中で小さく肩を震わせている野々葉さんに訊《たず》ねる。

「考えてみれば、俺の人生は意外と幸運に恵まれていたと思うんだ。中学陸上で好成績を残せたし、眞白学院に特待生で入学できた。それに、野々葉さんと出会うこともできた」

野々葉さんはきょとんとした顔を見せる。

多分、俺が何を言いたいのかわからないからだろう。

だから、俺は今一番疑問に思っていることを口にした。

「幸運を食べるやりかたって、不幸を食べる方法と一緒なのか？」

対象の頬にキスする。それが、相手の不幸を食べる方法だった。

野々葉さんもようやくわかったのか、小さく首を横に振った。

「だめ。それは、できないよ。幸運を食べたことなんてないから、秀ちゃんにどんなことが起きちゃうかわからない。それに……食べちゃったら、もう二度と秀ちゃんとこんなふうには……」

「いや、それは大丈夫だろ」

涙で赤くなった野々葉さんの瞳を見ながらもう一度、笑ってみせた。

「考えてもみろよ。俺はこれまで野々葉さんを二回忘れたのに、毎回こうして野々葉さんの目の前に来ている。三回目だって、きっとそうだ。俺たちは何度でもこうやって出会えるはずだ」

我ながら臭いセリフだと思った。

だが、それが俺の嘘偽りない本心だった。

「……それ、すごくキュンとくるセリフだね」

少し恥ずかしそうに、野々葉さんは笑った。

それは、希望に染まったような美しい微笑《ほほえ》みだった。

「秀ちゃん、私にキスして」

野々葉さんは唐突にそんなことを言った。

「……え？　な、何？　キス？」

「そう、私にキス」

「それは、ほっぺたにとか、そういうことか？」

「違う。口づけ、接吻《せっぷん》、マウストゥマウス。それが、既往喰いが他人の幸運を食べる方法」

一瞬、野々葉さんのことを疑ってしまった。

だが、このタイミングでウソをつくわけはないし、冗談を言うわけもない。

野々葉さんと、キス。考えただけで心臓が飛び出しそうになってしまう。

なにせ、俺は夢の中以外で女性とキスなんてしたことがないのだ。

「いや、そんなことを言ってる場合じゃないだろ」

俺は自分にそう言い聞かせ、野々葉さんの酸素マスクに手をかけた。
片方の手は、自然と野々葉さんの手を握りしめていた。
「秀ちゃん」
「……ん？」
「私と出会ってくれて、本当にありがとう」
酸素マスクを外した野々葉さんは、笑顔でそう言った。
その笑顔は、夢でよく見るあの女性の笑顔とそっくりだった。
ああ、そうか、と俺は納得した。
夢に出てきていた向日葵《ひまわり》のような笑顔を見せるあの少女は、野々葉さんだったのだ。
俺の中に残った記憶の断片が、野々葉さんへの想いが、あの夢を見せていたのだ。
何度リセットしても、俺の中に野々葉さんへの想いは残っていた。
だから、何度リセットしても野々葉さんと出会うことができた。
この想いは絶対に忘れないと俺は心に誓った。
たとえ、俺の人生から野々葉さんがいなくなったとしても、この想いだけは絶対に。
そして、俺はゆっくり野々葉さんに口づけをした。
彼女の存在を、しっかり俺の人生に刻みつけるように――

エピローグ

ときどき見知らぬ女の子からキスをされる。

などと言えば、男子諸君は「はいはい、リア充自慢ね？」と怪訝《けげん》な顔を見せるか、その幸運にあやかるべく詳細を聞き出そうとするかのどちらかだろう。

だが安心してほしい。俺はそんな幸運の持ち主ではないし、女に困らないモテ男というわけでもない。

残念ながら、キスされたというのは夢の中での話だ。

時々見る変な夢だが、妙に生々しくてドキドキしてしまう。

まあ、二十三歳にもなってそんな夢でドキドキしているなんて、誰にも言えないのだが。

「あれ、お兄ちゃん？」

不意に背後から声をかけられ、俺ははたと我に返った。

最近クーラーを取りつけたリビングには、テレビのニュース番組で政権を批判するコメンテーターの声にまざって、蝉《せみ》の声が響いている。

しばしぼんやりした後、声のほうを見やった。

そこには、下着姿でアイス片手に仁王立ちしている香の姿があった。

「そろそろ出る時間じゃないかと思うんだけど、いいの？」

「……あ、もうそんな時間か」

時計を見れば、いい時間になっていた。

朝起きて、フルツインを飲んでから、仕事までしばらく時間があったからニュースを見ていたのだが、いつのまにか寝てしまっていたらしい。

「あたしがいないと、お兄ちゃんってば本当に駄目だね」

「二十一にもなって、パンツで実家をうろうろしてるお前に言われたくない」

「駄目なお兄ちゃんは、多分一生独り身な気がするなあ」

「羞恥心《しゅうちしん》をどこかに忘れてきたお前も一生貰い手がないと思うぞ」

「う～ん、だったら貰い手がない同士、結婚しちゃおっか」

「しないし、できないし、したくもない」

「あはは」

けらけらと笑う香を見ながら、俺は深く落胆してしまう。

香は今、坂江市を離れて福岡の大学に通っていて、夏休みで坂江市に戻ってきている。大人になって、昔と違って女らしくなったと思ったが、いい年になっても相変わらず羞恥心《しゅうちしん》のかけらもない。

香はいまだに彼氏ができないらしい。変わらずオカルトやホラー映画が大好きで、周りの目も気にせず下着姿でうろうろするのだから、まあ当然だろう。

「寂しいお兄ちゃんに大学の友達紹介してあげよっか？」

「いいよ。俺は今仕事でキャパ一杯なんだよ。恋愛なんかしてる暇ない」

俺はつい一ヶ月前、ようやく新しい夢の第一歩を踏み出したばかりなのだ。

陸上トレーナーになって、オリンピック選手を育てるという大きな夢だ。

高校生の頃に事故で走れなくなってしまったときは将来に絶望してしまったが、陸上部と新聞部の顧問だった後藤先生のアドバイスで、トレーナーの資格を取るために大学のスポーツ科学科に進学することにした。

はじめは、そういう資格を取っておくのもいいかもしれない程度に軽く考えていた。

だが、中学時代の俺を知るというランナーたちと知り合い、彼らの練習に付き合っていく中で、トレーナーという職業に魅力を感じて本気で目指すことにした。

大学受験は本当に大変だった。受験に失敗して、一浪してようやく合格した。

高校一年まで陸上に明け暮れて、怪我《けが》をした後はだらだら高校生活を送っていたから仕方ないことなのかもしれない。しかし、こうやって就職できた今となっては、あの地獄もいい思い出だ。

大学卒業後、坂江市に戻ってきた俺が就職したのは、昔通っていた陸上スクールだった。

はっきり言って、運が良かった。去年、新聞部の同窓会で、河原崎から陸上スクールでトレーナーを募集しているという話を聞いたのがきっかけだった。

「……河原崎か。懐かしいな」

母に「はしたない！」と怒られている香を横目に家を出た俺は、そんなことを思った。

河原崎は眞白学院を卒業したあと、坂江市のローカルテレビ局に就職した。地方局で番組を持って、いつかは全国局で報道番組をやるのが野望らしい。

河原崎なら簡単にその野望は達成できそうな気がする。

なにせ、河原崎が学校に在籍していた三年間、マシロタイムズはずっと全国高校新聞コンクールで何かしらの賞を受賞したのだ。二年のときに俺と刈島で書いた「坂江市の心霊スポット十選」自体はいまいちな人気だったが、「坂江市の魅力」として河原崎が総合的にまとめてくれたおかげで入選が決まった。

あまり考えたくはないが「坂江市の心霊スポット十選」の記事を完成させることができたのは、パートナーを組んだ刈島のおかげだと思う。オカルトマニアの刈島の知識がなければ、記事が完成することはなかっただろう。

刈島が高校卒業してどうなったのかは全然知らなかったが、河原崎が言うには、どうやら東京の大学に進学したらしい。調べたところ文系の大学だったので、将来は作家になるつもりなのだろうか。刈島はムカつくやつで成功して欲しいなんてこれっぽっちも思っていないのだけれど、もしかすると坂江市出身のミステリー作家、山形ノボルのような人間になるかもしれないとつい思ってしまう。学生時代がそうだったように、良くも悪くもひとつのことに邁進《まいしん》できる刈島の性格は認めざるを得ないのだ。

河原崎や刈島だけではなく、部員の皆が自分の目標に向かって歩き出していた。

俺は子供の頃からの夢を叶《かな》えることができなかったが、陸上トレーナーというのはなかなかいい着地点だったと思う。

思い返せば高校一年のときに交通事故に遭《あ》って、なぜあの日ジョギングに出たのかと後悔する日々だった。

だが、こうしてトレーナーになって、新しい夢に向かって歩み出してみれば、あれもひとつの運命で、ひとつの道だったのだと思う。

俺が就職した陸上スクールは、屋内のフットサル場や体育館などを使うことが多く、今日も坂江駅からバスで一〇分ほどの場所にあるフットサル場で行うことになっていた。スクールでは、小学生から大人まで幅広い生徒を募集している。

俺が担当しているのは、年齢制限のない「陸上競技・中距離走クラス」と小中学生を対象にした「ランニングクラス」だ。夏休みに入ったこともあって、今日はランニングクラスを午前中に行う予定になっていた。

「……あれ？」

フットサル場に入って準備をしているとき、ふとフットサルコートを見た俺の目に妙な光景が飛び込んできた。

午前中は小中学生を対象にしたランニングクラスだから、大人は参加することができないのだが、ぎゃあぎゃあと騒ぐ小中学生の子供たちに交ざって、ひとり大人の女性がいたのだ。

「ええっと、すみません」

準備を終えてコートに出た俺は、その女性に声をかけた。

「九時からは小中学生を対象にしたクラスなのですが」

「……えっ⁉」

子供たちに交ざって準備運動をしていた女性が、俺の顔を見て驚いた表情を浮かべた。年齢は俺と同じくらいだろうか。黒髪を後ろでまとめている綺麗《きれい》な女性だったが、大人向けの陸上競技クラスでも見たことがない顔だった。

「あ、ごめんなさい。時間間違えちゃったかな……今日はじめて来たんです」

「ああ、そうだったんですね」

どうりで見覚えがないはずだ。体験入会か新規会員のどちらかだろうと思った俺は、参加者名簿から新規参加者の名前を探す。

「大人のクラスは何時からですか？」

女性が不安げにそう訊《たず》ねてきた。

「……ええっと、十三時からですね。子供のクラスが終わった後です」

「えっ、十三時ですか」

女性はどうしようと言いたげに眉根を寄せた。

「どうかなさいました？」

「十四時から病院に行く予定なんです」

「病院ですか」

「はい。実は最近までずっと入院していて、半年くらい前に退院したんです。本当はもっと前にこのスクールに来たかったんですけど、担当医から運動はだめだって口酸《くちす》っぱく言われてて」

「なるほど」

「でも、ようやく担当医から許可が降りて、運動ができるようになって……」

「ああ、勢い余って時間を間違えてしまったと」

「はい。ずっとこのスクールに来たいって思っていたのが空回《からまわ》りしちゃいました」

女性は恥ずかしそうに小さく笑った。

彼女の力になりたいと思った。そこまでこのスクールに恋い焦《こ》がれている女性に「また後日来てください」なんて言えるわけがない。

「あの、失礼ですけど、陸上経験はおありですか？」

「本格的なものはないです。昔、陸上部に入っていた友達と一緒に走ってたくらいですね」

女性の体つきを見てみたが、あまり運動が得意そうには思えない。肌は透《す》き通るくらいに白く、インドアで読書しているのが似合いそうだ。

「では、体験でランニングクラスに参加してみますか？」

「……え？　体験？」

「本当は駄目なんですけど、あまり陸上経験がないのでしたらちょうどいいかもしれません」

子供向けのクラスでは走り方のフォームにはじまり、フィジカルのトレーニングなど基礎的な練習を行う。未経験者であれば十分満足がいく内容だと思う。

「優しいですね。さすが先生は――紳士マンだ」

「え？」

喚《わめ》いている子供たちの声が一瞬途切れたように思えた。

何か心に引っかかりを覚えた俺は、女性の顔を改めて見る。

彼女は夏の向日葵《ひまわり》のような、素敵な笑みを浮かべていた。

「失礼ですが、どこかでお会いしたこと、ありませんか？」

その笑顔に見覚えがあった俺は思わず訊《たず》ねてしまった。

女性は、小さく首を横に振った。

「いいえ」

それは、どこかこちらを茶化しているような、人懐《ひとなつ》っこい笑顔だった。

彼女につられて、俺もつい笑ってしまう。

会ったことがあるかなんて、とても愚かな質問だと思った。もし会っているのなら、こんな綺麗《きれい》なひとを忘れるはずがないのだ。

俺は彼女の顔も知らなければ、名前も知らない。

彼女が言うとおり、俺たちは今日はじめて出会ったのだろう。

だが――

笑う彼女を見ていると、どうしてか心がざわざわと騒ぎ出す。

そして、笑う彼女の隣にいると、なぜか懐かしさと喜びが入り混じったような、とても、とても幸せな気持ちになるのだった。

ぼくの初恋は透明になって消えた。

内田裕基
Uchida Hiroki

周囲に馴染めない少年と
“二重の秘密”を抱えた少女。

二人のせつない初恋を描いた
感涙必至のデビュー作！

きみと過ごした数ヶ月を、
ぼくは絶対に忘れない――

たった一人の写真部に所属する高校生・石見虹郎《いしみこうろう》
――通称「石ころ」は、うまくクラスに馴染めず孤独な学校生活を送っていた。
そんなある日、ひょんなことから知り合ったのが、クラスメイトの最上律《もがみりつ》。教室ではあまり見かけないくせに、明るく前向きな彼女と接するうちに、灰色だった石ころの世界は鮮やかに彩られていく。しかし快活に振る舞う律には、誰にも言えない秘密があって……。

●定価：本体1200円＋税　●ISBN978-4-434-24559-6　illustration：とろっち

周囲の人間と上手く接することのできない大学生、今川《いまがわ》広夢《ひろむ》。彼はある時、バイト先の同僚・星野響《ほしのひびき》が、アパートの隣の部屋に住んでいることを知る。明るく無邪気な響、その恋人の新木《あらき》ゆりと三人で過ごすうち、広夢は彼らに惹かれていき、日常が鮮やかに色付いていく。しかしある日を境に、広夢は響とゆりになかなか会えなくなり……。

◉定価：本体1200円＋税　◉ISBN：978-4-434-24355-4　◉Illustration：ふすい

ネットで
生まれた
涙あふれる
母娘小説！
あの日、陽だまりの
縁側で、母は笑って
さよならと言った
水瀬さら
Sara Minase
「私、もうすぐ
死ぬらしいです」

嫌いで仕方なかった母が突然、
私の家にやってきた。手に負えないほどの
大きな問題を抱えて――

あの日、陽だまりの
縁側で、母は笑って
さよならと言った
水瀬さら
「私、もうすぐ
死ぬらしいです」

自由奔放な母に嫌気が差し、田舎を飛び出してひとりで暮らす綾乃。そんな綾乃の家に、ある日突然、母の珠貴がやってきた。不本意ながら始まった数年ぶりの母娘生活は、綾乃の同僚若菜くんや、隣の家の不登校少女すずちゃんを巻き込んで、綾乃の望まない形で賑やかになっていく。だが、ある時綾乃は気付いてしまう。珠貴の身体が、すでに取り返しのつかない状態になっていることに。そしてあろうことか、綾乃の身体にも――さよならからはじまる、憎らしくも愛おしい母娘再生の物語。

●定価：本体1200円＋税　●ISBN978-4-434-24816-0

illustration：ふすい

アルファポリスで作家生活!

新機能「投稿インセンティブ」で報酬をゲット!

「投稿インセンティブ」とは、あなたのオリジナル小説・漫画をアルファポリスに投稿して報酬を得られる制度です。
投稿作品の人気度などに応じて得られる「スコア」が一定以上貯まれば、インセンティブ=報酬(各種商品ギフトコードや現金)がゲットできます!

さらに、人気が出ればアルファポリスで出版デビューも!

あなたがエントリーした投稿作品や登録作品の人気が集まれば、出版デビューのチャンスも! 毎月開催されるWebコンテンツ大賞に応募したり、一定ポイントを集めて出版申請したりなど、さまざまな企画を利用して、是非書籍化にチャレンジしてください!

まずはアクセス! アルファポリス 検索

アルファポリスからデビューした作家たち

ファンタジー

柳内たくみ
『ゲート』シリーズ

如月ゆすら
『リセット』シリーズ

恋愛

井上美珠
『君が好きだから』

ホラー・ミステリー

椙本孝思
『THE CHAT』『THE QUIZ』

一般文芸

秋川滝美
『居酒屋ぼったくり』シリーズ

市川拓司
『Separation』
『VOICE』

児童書

川口雅幸
『虹色ほたる』
『からくり夢時計』

ビジネス

大來尚順
『端楽(はたらく)』

アルファポリス文庫

花火と一緒に散ったのは、あの夏の記憶だった

邑上主水（むらかみもんど）

2018年 7月 7日初版発行

編集－加藤純・太田鉄平
編集長－塙綾子
発行者－梶本雄介
発行所－株式会社アルファポリス
〒150-6005東京都渋谷区恵比寿4-20-3恵比寿ｶﾞｰﾃﾞﾝﾌﾟﾚｲｽﾀﾜｰ5F
TEL 03-6277-1601（営業） 03-6277-1602（編集）
URL http://www.alphapolis.co.jp/
発売元－株式会社星雲社
〒112-0005東京都文京区水道1-3-30
TEL 03-3868-3275
装丁イラスト－秋月アキラ
装丁－AFTERGLOW
印刷－中央精版印刷株式会社

価格はカバーに表示されてあります。
落丁乱丁の場合はアルファポリスまでご連絡ください。
送料は小社負担でお取り替えします。
©Mondo Murakami 2018. Printed in Japan
ISBN978-4-434-24798-9 C0193